小说灯笼
ろまんどうろう

[日]太宰治 —— 著　廖雯雯 —— 译　四川人民出版社

图书在版编目(CIP)数据

小说灯笼/(日)太宰治著；廖雯雯译. -- 成都：四川人民出版社，2020.8

ISBN 978-7-220-11354-3

Ⅰ.①小… Ⅱ.①太…②廖… Ⅲ.①中篇小说—小说集—日本—现代②短篇小说—小说集—日本—现代 Ⅳ.①I313.45

中国版本图书馆CIP数据核字(2019)第075403号

XIAOSHUO DENGLONG
小 说 灯 笼

[日]太宰治 著 廖雯雯 译

责任编辑	陈 欣 叶 驰
封面设计	张 科
版式设计	戴雨虹
责任校对	舒晓利
责任印制	李 剑

出版发行	四川人民出版社（成都槐树街2号）
网 址	http://www.scpph.com
E-mail	scrmcbs@sina.com
新浪微博	@四川人民出版社
微信公众号	四川人民出版社
发行部业务电话	（028）86259624 86259453
防盗版举报电话	（028）86259624
照 排	四川胜翔数码印务设计有限公司
印 刷	自贡华华广告印务有限公司
成品尺寸	145mm×208mm
印 张	8.25
字 数	154千
版 次	2020年8月第1版
印 次	2020年8月第1次印刷
书 号	ISBN 978-7-220-11354-3
定 价	39.00元

■版权所有·侵权必究

本书若出现印装质量问题，请与我社发行部联系调换
电话：（028）86259453

译者序

在日本古典文学里，文学之道向来不乏凄艳。如果从未沾染死亡的阴影，或者摆脱死别的追踪，那么它就是残缺破败、平淡无波的。唯有毁灭与深渊能够"拯救"这种残缺平淡。和歌吟诵平安歌仙小野小町与深草少将的诀别；歌舞伎表演唱奏战国名将的英雄末路；小说记载幕末维新志士的镇魂歌；到近现代，无人淡忘"明治紫武部"樋口一叶暗樱般的悲恋与早逝，作家芥川龙之介、川端康成仪式感浓厚的自杀，以及之后三岛由纪夫近乎惨烈的切腹……太宰治不是他们中第一个选择为"信仰"自毁的。他赴死至少五次，第五次终于"成功"。

本书收录的十四篇作品，先后创作于1941年到1944年。随着第二次世界大战日本的战况不断恶化，日本国民的情绪与意识也经历了从主观激愤到冷静批判的过程。在这些作品中，我们能隐约看到其时日本民间的世相百态，看到身为作家的太宰治在人生重重困境中对文学的清醒认知与坚持，看到他像小说《斜阳》（1947年）里的男主角直治一样，终其一生致力于融入民众，却以失败告终的无可奈何。相比《奔跑吧，梅勒斯》（1940年）的明快奔放，《津轻》（1944年）的缱绻眷恋，再对比《人间失格》（1948年）的晦暗喑哑，这些短篇似乎默默曝晒在夕阳下，反衬出临终一跃的壮烈，犹如黄昏色调的终焉之歌。这是一段特殊敏感的历史时期，关于战争，太宰治在作品中并未过多提及，不知道当原子弹在广岛、长崎炸响的瞬间，他是怎么想的，有没有绝望，继而永恒地松一口气？作者的初心及立场，本不可透过文字见其形。不可揣摩，不可捉摸，不可言说。

在本书整体温柔绵长的基调里，《散华》算是相对独特的一篇。因为它其实谈论的是死，是理想乡坍塌后，一个人能为自身搭建的最后最彻底的"皈依"——

> 您好吗？
> 从遥远的天空中问候您。
> 我平安抵达了赴任地点。
> 请为伟大的文学而死。
> ……

太宰治似乎格外偏爱"为伟大的文学而死"这一提议,在他困惑于"何处是放生命处"的时候,它如同一星火焰,将他带至浮世的出口,照亮阴暗余生。至此,他总算为"明日"做好某种安排,不过是借《散华》,借这首诗,通知我们一声罢了。

倘若世界正在走向崩坏,无法变得更好,再悲伤也没有用处。我们需要做的无非是,若要告别,就转过身,不须挂念;既然活着,就好好地活,把每一日都视作人生最后一日,把每一天的义务都当作此一生的义务。生死当前,人世诸相皆为虚妄。一束奇妙而绝对危险的张力化为丝绦轻柔罩下。如履薄冰,如临深渊。又像病人踩在细雪纷飞的湖边,一切都是他沉沦前目睹的洁白幻境。真实是什么?真实是两颗原子弹把此前畅谈的"天道酬勤"变成笑话、废墟和无。"真实"穿越人世这座巨大的罗生门,继续扯起世间烟火和插科打诨的幕布,在幕布降落前,让人不得不汲汲营营,明知世间心酸多于欢愉,依然坚持某些"相信",徒劳走过光阴。

有人说,《津轻》是太宰治自毁前,心中仅剩的风和日丽,而我以为,《小说灯笼》何尝不是如此?

我从《小说灯笼》的字里行间读出飘荡其中的灰色暗影。但抬头去看,他脸上只余清淡笑意。

感谢我的编辑为译稿的出版工作付出大量心血。感谢大家的择取与阅读。

廖雯雯

2018年秋

[目录]

001　小说灯笼

059　猫头鹰通信

071　关于服饰

093　香鱼千金

107　谁

123　耻

137　小相簿

151　禁酒之心

161　厚颜无耻

183　作家的手帖

195　佳日

221　散华

239　雪夜的故事

249　东京通信

小说灯笼

一

著名的西洋画大师入江新之助于八年前去世,而他的遗族,无论哪一位都有些奇怪之处。不,其实不能说他们奇怪,或许那样的生活方式才是正确的,倒是我们这种一般家庭出身的人与之相比更显奇怪。总之,入江家的氛围似乎与寻常人家稍有不同。很久之前,我从这个家的气氛中获得启迪,写过一部短篇小说。我不是畅销作家,作品无法立即于杂志上刊载,长久以来,那部小说被我收在抽屉深处。此前我另外写过三四篇从未发表的压箱底之作,前年早春时,出版社将它们结集成单行本,一口气全部出版。那是一部技巧拙劣的作品集,收录的却是我至今依然喜爱的旧作,是我怀着某种天真、不含任何野心地沉浸在愉悦的心境中创作的。我认为所有"力作",总显得呆板刻意,日后作者重读,也会产生厌恶感,而格调轻快的短篇不存在这种问题。然而,这部单行本一如既往不太畅销,可我没有特别遗憾,甚至为销量不佳感到庆幸。我很喜欢里面的作品,虽说它们写得不算上乘,完全经不起读者冷静严苛的鉴赏,即是说,净是些不上台面的散漫之作。不过,作者自身的喜爱之情是另一回事。我有时会悄悄把这部天真的作品集摊开在书桌上,一个人品读。这部小说集中,写得最单薄也最为我喜爱的故事,即是我开头提及的以入江新之助氏的遗族为灵感构思的短篇小说。虽说它单薄而孩子气,不知为何,我始终念念于心。

入江家有五位兄弟姐妹,人人喜欢浪漫的爱情故事。

长男二十九岁,法学学士。与人相处时,态度稍显妄自尊大,这是他为了掩饰自身怯懦而刻意戴上的凶恶面具,其实他是非常软弱温柔的人。和弟弟妹妹们去看电影时,他一边嚷着"这部电影拍得不好,愚蠢至极",一边为电影里武士的义理人情所感,几人中第一个对着屏幕流下眼泪的也总是这位长兄。不错,这简直毋庸置疑。走出电影院,他却会忽然摆出目中无人的不悦神情,一言不发。他曾毫不犹豫地宣称,出生以来,自己从未撒过谎。且不论这番宣言有几分可信,他的确具备刚正纯洁的一面。在学校念书时,他成绩不太好,毕业后也没找工作,坚持待在家里守护家人。最近他研究易卜生①,再次读过《玩偶之家》后,有了重大发现,非常兴奋。娜拉恋爱了,喜欢阮克医生。他发现的就是这个。他叫来弟弟妹妹们,指出这一点,并且大声阐释,费力说明,却是白费力气,因为弟弟妹妹们全都纳闷地歪着头,不置可否地笑了,面上丝毫不见兴奋。其实,弟弟妹妹们根本不把长兄放在眼里。他们瞧不起他。

长女二十六岁,尚未出嫁,在铁道省工作,法语非常不错。身高五尺三寸②,格外纤瘦,曾被弟弟妹妹们戏谑为"马"。她头发剪得短,戴着圆框眼镜。心胸开阔,很容易与人立刻建立友谊,一心一意地付出,然后被抛弃。这种"付出"是她的兴趣。她很喜欢通过付出与被抛弃,悄悄享受忧愁和寂寥。不过有一回,她对同一科室的年轻男同事着迷,而后一如既往地遭到抛弃,唯有那段时间,她心力交瘁。同对方在办公室打照面又觉得尴尬,她便谎称肺部有问题,在家躺了一周。后来她在脖子上裹了纱布,一个劲咳嗽,就诊时拍了X光片,做了一番精密的检查,医生夸赞她肺脏强健,世间少有。她的文学鉴赏力很高,古今东西的作品无不涉猎。阅读之余,自己也悄悄试

---

① 易卜生,即亨利克·易卜生(1828—1906),挪威戏剧家,诗人,代表作有《玩偶之家》《人民公敌》等。

② 尺、寸皆为尺贯法长度单位,十寸约为一尺,一尺约为30.03厘米,五尺三寸约为160.59厘米。

着写过一些，把它们藏在书箱右侧的抽屉里。这些日渐积累的作品上方，规规矩矩地搁着一张纸，上面写着"于我逝世两年后发表"。有时，"两年后"会被改为"十年后"或"两个月后"，有时甚至被改为"百年后"。

次男二十四岁，是个俗物。就读于帝大①医学部，可他很少去上课，身体羸弱，是个不折不扣的病人。他有一副令人惊异的漂亮容颜，但生性吝啬。有一回，长兄被别人欺骗，花了五十日元买下据说是法国散文家蒙田使用过的平淡无奇的旧球拍，回家后得意扬扬地吹嘘，他竟暗自愤怒导致高烧不退。这场高烧，让他的肾脏出了点毛病。他蔑视所有人。当别人发表意见时，无论说什么，他都会发出极度不悦的笑声，犹如鸦天狗②一般，他只崇拜歌德，这绝非出自敬服歌德素朴的诗歌格调，似乎是由于他倾心歌德的高层官位。他是个奇怪的家伙。不过，与兄弟姐妹比赛即兴作诗时，他总是遥遥领先，实力不凡。虽说是俗物，但他十分懂得对热情本身进行某种客观的把控。倘若他有心，或许能成为二流作家。此外，家里腿脚不便的十七岁女佣，死心塌地地痴迷着他。

---

① 帝大：帝国大学的简称。1886年—1939年，日本先后设立东京帝国大学、京都帝国大学、东北帝国大学、九州帝国大学、北海道帝国大学等九所帝国大学，第二次世界大战后根据新制改为国立大学。

② 鸦天狗：日本怪谈里嘴长得像乌鸦的高鼻妖怪。

次女二十一岁，是个自恋狂。某家报社征选"Miss日本"时，她打算毛遂自荐，为此历经三天三夜的煎熬挣扎。她想四处呐喊，抒发激动之情，结果在三夜的挣扎思考后，发现自己身高不够，因此彻底死心。在兄弟姐妹之中，数她身材特别娇小，只有四尺七寸。不过她模样不错，还算漂亮。她常在深夜裸身对着镜子露出可爱的微笑，也会用HECHIMA COLOGNE①清洗白皙丰腴的双腿，俯身亲吻脚趾，陶醉地闭上眼睛。有一回，她鼻尖长出宛如被针尖刺过的小痘子，便忧郁得计划自杀。她有固定的阅读偏好，常去旧书店找明治②初年出版的《佳人奇遇》或《经国美谈》一类的书，回家后一面翻阅，一面低声窃笑，兀自沉浸其中。她也喜欢读黑岩泪香③或森田思轩④等人的译作，不知从哪里搜罗来许多不知名的同人杂志，一边认真地感叹"真有意思，写得太好了"，一边从头至尾逐行读完，其实私心里最喜爱的作家是泉镜花⑤。

幺弟十八岁，今年刚考入第一高等学校，进的是理科甲组。

---

① HECHIMA COLOGNE：日本化妆水品牌。
② 明治：日本天皇睦仁的年号，1868年—1912年。
③ 黑岩泪香（1862—1920）：日本小说家、翻译家、新闻记者。
④ 森田思轩（1861—1897）：日本翻译家。
⑤ 泉镜花（1873—1939）：日本小说家，出生于石川县金泽市，尾崎红叶弟子。日本浪漫主义文学的代表作家，所著小说与戏剧具有神秘、凄艳、纤细的幻想之美，代表作有《歌行灯》《高野圣僧》《夜叉池》《天守物语》等。

升到高等学校后，他待人接物态度骤变。在兄长与姐姐们看来十分可笑。然而，这个幺弟总是一本正经，家里发生任何琐碎纷争，他都要插手去管，明明没有人拜托他，他却看似已深思熟虑般妄下判断，结果以母亲为首，一家人皆无话可说，对他敬而远之。为此幺弟相当不满。大姐见他闷闷不乐，心中不忍，便做了一首和歌送给他，安慰幺弟怀才不遇的寂寥。那首和歌的大意是，即便假装成熟，也无人如此看待，委实堪怜。由于外表像小熊般可爱，兄长与姐姐们对他很是娇惯，导致他性情轻狂。他喜欢侦探小说，常在自己房里玩变装游戏。说想学习外语，买了柯南·道尔的英日对照小说回家，却只读了日语部分。他认为在兄弟姐妹里，真正忧心这个家的只有自己，并暗暗对此感觉悲壮。

以上是短篇小说的开头，我用一些微小的事件稍稍铺开剧情，构成整部小说的骨架。不过上文也提到，这原本就是一篇孩子气的作品。比起作品本身，我更喜爱当中描绘的那个家庭。我喜欢家里的全体成员，而这个家也确然存在，即是说，这部小说无异于已故入江新之助氏的遗族的素描，当然其中所记内容未必属实。说得夸张点，是我将诗与真实之外的事件，予以适度整理并叙述出来。这种解释让我感到些许狼狈。小说中各处细节，甚至掺入肆意的杜撰，不过整体来看，还是描绘了入江家的模样。如果说其中"一毛"与现实有所差异,那么其余"九牛"皆为实录。在这部短篇小说里,我原本只写了五位兄弟姐妹与温柔聪慧的母亲,有关祖父及祖母的往事,基于作品结构,纵使百般失礼,也不得不忍痛割爱。此种处理方式确有不妥。既然是写入江家,那么省略祖父祖母,就会让故事不够完整。因此,现在我想谈谈两位长辈。在这之前,我必须声明,接下来叙述的一切,并非眼下入江家的实际情况,反映的只是四年前我悄悄提笔撰写小说时入江家的氛围。如今的入江家稍有不同,有人结婚,也有人离世。与四年前相比,气氛变得灰暗了些。现在我无法像从前那般无拘无束地跑去入江家玩。因为五位兄弟姐妹,以及我,大家已经长大成人,变得礼数周全、客套疏离,看起来完全是一副社会人士的模样,即便偶尔碰面,也觉得寡淡无趣。容我坦率地说,对现在的入江家我不太感兴趣。假使果真要写,我想写四年前的入江家。因此,我在小说里描绘的只是四年前入江家的样貌。现在的那个家,已与从前稍稍不同。我想事先说明的便是这一点。那么,接下来谈谈那时候的祖父——他似乎整天无所事事,净顾着玩。我想,倘若入江家具备非同寻常的浪漫血统,大约便来自这位祖父。他已年过八旬,似乎每天都有事要办,从位于麹町的自家后门溜出去,动作格外敏捷。壮年时期,这位祖父曾在横滨拥有颇具规模的贸易公司。儿子新之助刚考入美术学校时,他不仅毫不反对,还将此事向周围人夸耀一番,堪称豪杰。即便上了年纪从公司隐退,他在家中也闲不住,总是趁家人不注意,独自从后门溜出去,飞快地走了两三丁①路后,回头瞧瞧,确定家人没有跟上来,才从怀里掏出鸭舌帽戴在后脑勺上,帽檐微微上翘。那是一顶时髦的格纹鸭舌帽,很有些年头了,然而祖父认为不戴着这顶帽子,就没有散步的感觉。四十年来,他一直很喜欢它。他曾戴着这帽子去逛银座,走进资生堂的餐厅,点一杯巧克力就能消磨一两个小时。在此期间,他通常会环顾四周,倘若看到从前商场上的旧识带着年轻艺伎前来,他会立刻大声招呼,绝不放过对方,还非要人家坐到他这一桌来,然后优哉游哉地挖苦揶揄。这是他的乐趣,简直难以抑制。回家时,他也一定会为家人买些小礼物。果然是因为私自偷溜出门,让他有些难为情吧。最近,他再次开始态度明显地讨家人欢心,发明了勋章。他在墨西哥银币上开了一个孔,然后用红丝线穿过孔洞,提议将这枚自制的勋章颁赠给这一周内对家里最有贡献的人。家人对勋章都不太有兴趣。因为得到勋章后,接下来的一周,只要人在家里,就得把它挂在胸前,大家感到很是困扰。由于母亲孝顺公公,故而获得勋章。虽然接过时她面露感激,却也只是尽量挑腰带上不起眼的位置系着。

---

① 丁:距离单位,1丁约为109米。

获赠的起因是，那一日祖父晚酌时，母亲给他多拿了一瓶啤酒，他便不容分说地将勋章当场授予母亲。长男性情耿直，偶尔陪祖父去看戏，被视为有功，也曾一不留神获得勋章，他竟然满不在乎、一本正经地在胸前挂了整整一周。长女和次男都对勋章避之不及。长女说自己没有资格获赠勋章，言辞巧妙地躲了过去。次男甚至将勋章收进自己的抽屉里，谎称弄丢了。祖父立即识破次男的谎言，命令次女去搜查他的房间。次女运气不好，竟然真的找到了，接下来变成次女获赠勋章。祖父特别宠爱次女，明明她是全家最妄自尊大的人，不曾有一件功劳，祖父依然动辄颁发勋章给她。次女接过勋章，大多时候放在钱包里，祖父却也默许了这种行为，意思是挂不挂在胸前无所谓。全家只有幺弟真心想要获得勋章。当他把勋章挂在胸前时，莫名地感觉有些害臊并且坐立不安，可若是轮到他取下勋章交给别人，又不由得有些失落。有一回次女不在家，他偷偷溜进她的房间，找到钱包，拿出里面的勋章，目光眷恋地注视着。祖母一次也没有获得过勋章，因为最初她便拒不接受。她是个格外爽利果决的人，说那玩意儿太蠢了。

祖母极其疼爱幺弟。有段时间，幺弟开始研究催眠术，并对祖父、母亲、兄长与姐姐们施展过此术，然而毫不奏效，没有一个人有一丝睡意。每人都睁着圆圆的眼睛，而后哄堂大笑。幺弟垂头丧气，浑身冷汗。没想到，最后对祖母施展催眠术时，竟然即刻奏效了。祖母坐在椅子上，头一点一点地打起盹来。催眠者语气严肃地问着问题，她状似无心地回答着。

"祖母，你看得见花儿吧？"

"是啊，好漂亮哪。"

"那是什么花儿？"

"是莲花哟。"

"祖母，你最喜欢什么呢？"

"是你哦。"

催眠者觉得有些扫兴。

"这个'你'，指的是谁呢？"

"不就是和夫嘛（幺弟的名字）。"

在一旁围观的家人不由得失笑出声。祖母也醒了。幺弟心想，总算保全了催眠者的颜面，至少祖母被自己催眠了。后来，性格一本正经的长兄担忧地悄悄问祖母："祖母，你真的被催眠了吗？"祖母哼笑一声，低声说："怎么可能被催眠哪。"

以上是入江家全体成员的基本素描。我本想介绍得更详细些，但现在更想告诉大家的，是这家人以"共同创作"的方式，写就的一部篇幅极长的"小说"。前文也提过，入江家的兄弟姐妹多少有些爱好文艺，有时会共同创作故事。天空阴霾的星期日，五位兄弟姐妹往往会聚在客厅，感觉无趣时，长兄便提议玩共同创作的游戏。首先由一个人随意塑造角色登场，接下来，大家依序编撰这个角色的命运与具体故事情节，最终创作出一则完整的故事。若是能够简单结束的小故事，便由众人一个接一个地说完；若是开篇就别有意趣的，大家会轮流将情节慎重地写在稿纸上。像这种五人合作的小说，至今已累积了四五篇。偶尔，祖父、祖母与母亲也会帮着写。这一次，这则稍显冗长的故事，果然也有祖父、祖母、母亲的相助。

二

幺弟明明没有讲故事的才能，却总爱抢着第一个说，然后几乎每次都失败。而他并不气馁，反倒干劲十足，认为这次一定能成功。正月里连续五日放假，兄弟姐妹们觉得有些无聊，又开始玩"合作故事"的游戏。此时幺弟又抢着说："让我先来，让我先来吧！"兄长与姐姐们已经习惯，笑着把机会让给他。这是今年第一个故事，大家决定慎重对待，正式写在稿纸上，按顺序轮流下去。截稿日在拿到故事后的第二日清晨，每人有一整天的时间仔细构思书写。这样一来，在第五日夜里或第六日清晨，一篇完整的故事便成形了。在这五日里，五位兄弟姐妹隐隐有些紧张，也感受到些许生存的意义。

幺弟照例第一个来，于是兄长与姐姐们让他撰写故事的开头，但其实他毫无灵感。或许陷入创作瓶颈，他怎么思考都写不出来，不由得后悔，早知如此，就不该抢着揽下这项任务。正月一日，兄长和姐姐们各自出门游玩，当然，祖父也一早便穿好燕尾服不知所踪，家里唯剩祖母和母亲。幺弟待在自己的书房里，不停地削铅笔。他简直想哭。最终，束手无策之下，他打算做一件坏事。那就是剽窃。他认为除此之外别无他法。心里不停打着鼓，他搜来《安徒生童话》《格林童话》以及福尔摩斯的冒险故事，这处抄袭一些，那里截取一点，好不容易拼凑出完整的情节。

  很久以前，在北国的森林里，住着一个令人畏惧的女巫婆。她奇丑无比，手段狠辣，唯独对独生女乐佩非常温柔，每天都用黄金制成的梳子为她梳头，宠爱非常。乐佩是个美丽活泼的姑娘，十四岁起，不再事事听从女巫，反倒时常驳斥她。尽管如此，女巫仍旧疼爱乐佩，只是笑一笑，不与她计较。秋风吹过，森林里的树纷纷落下叶子，枝丫日渐干枯，女巫家也到了准备过冬之际，一个很棒的"猎物"迷路闯入魔法森林。那是个骑着高头大马的英俊男子。他在黄昏的森林中迷了路，误入此间。他是这个国家的王子，年仅十六岁，沉迷狩猎，与侍从们走散了，不认得回去的路。王子的黄金铠甲在薄暗的森林中闪闪发光，宛如火炬。女巫当然不会错过。她像风似的飞奔而出，立刻将王子从马背上拽下来。

"这位少爷真是肥嫩,看这白皙的皮肤,是吃着核桃长大的吧。"女巫垂涎欲滴地说,喉间咕咕作响。她有又长又硬的髭须,眉毛覆盖住上眼睑。"完全就是一只肥美的羊羔嘛。不知味道如何。用盐把他腌渍一下,最适合过冬吃了。"正当她拔出短刀,龇牙咧嘴地狞笑着瞄准王子白皙的喉咙时——

"啊!"女巫大叫一声。原来是女儿乐佩咬住了她的耳朵。方才她扑向女巫的背,使劲咬上她的左耳。

"乐佩,你饶了我吧。"女巫宠爱女儿,一点也不生气,无奈地笑着求饶。

乐佩摇晃着女巫的背,撒娇地说:"我要他陪我玩。把这个漂亮的孩子给我。"乐佩自幼娇生惯养,任性倔强,一言既出,绝不退让。于是女巫心想,那就迟一晚再杀掉王子腌渍吧,今晚姑且忍耐一下。

"好,好,就把他给你吧。今晚我会盛情招待你的客人。作为交换,到了明天,你可要把他还给我。"

乐佩点头。这一晚,魔法之家给予王子周到的款待,他却吓得魂不守舍。晚餐有串烤青蛙,塞满幼儿手指的蝮蛇皮,用天狗菇和鼹鼠的湿黏鼻子与青虫的五脏六腑做成的沙拉。饮料是沼泽之女用水绵藻酿制的酒,还有从墓穴里舀出来的硝酸酒。餐后点心是生锈的铁钉和教堂窗户的玻璃碎片。王子看着就觉得恶心,不敢碰任何一道菜。女巫和乐佩吃得津津有味,不停感叹真是美味，因为每一道菜对这个家来说都是珍馐佳肴。晚餐后，乐佩牵着王子的手走进自己的房间。乐佩身高与王子差不了多少。进入房间后，她抱住王子的肩，审视他的脸，悄声说："在你讨厌我之前，我不会让别人杀死你。你是王子吧？"

乐佩的长发犹如用黄金编织而成，散发着璀璨的光泽，直垂到脚边，这得归功于女巫每天悉心的梳理。她脸蛋宛若天使，又似一朵绽放的黄色蔷薇。唇瓣小小，鲜红如草莓。双眸又黑又澄净，莫名的悲伤荡漾其间。王子觉得从未见过如此漂亮的姑娘。

"是的。"王子低声回答，心情稍稍放松，眼泪扑簌簌地落下来。

乐佩用黑而澄净的眸子凝视着王子，片刻后，微微点头道："就算你开始讨厌我，我也不会让别人杀掉你。因为到那一天，我会亲自动手杀了你。"说完自己也哭起来，接着忽然大笑，用手背拭去泪水，同时为王子擦掉眼泪，精神饱满地说，"今晚你和我一块儿去我养着小动物的房间睡觉吧。"说完，她领王子走去隔壁的寝室。房间里铺着稻草与毛毯。王子抬头一看，只见大约一百只鸽子停在横梁与栖木上，看上去都睡熟了，可两人刚一走近，它们便微微动了动。

"这些都是我的。"乐佩告诉王子，随即抓住手边的一只鸽子，掐着它的脚晃来晃去。鸽子惊慌失措，扑哧扑哧地不断拍着翅膀。"快给我吻他！"乐佩声音尖厉地叫道，将鸽子甩到王子的脸颊上。

"那边的乌鸦，是森林里的流氓。"说着，她对王子一抬下颌，示意他看房间一隅的大竹笼，"一共十只。流氓到底是流氓，若是不关在竹笼里，它们会立刻飞走。还有，这边这个是我的老朋友，贝贝。"乐佩一边说着，一边抓起一头小鹿的角，把它从角落里拽出来。小鹿的脖子上套着铜制的项圈，还加了一条粗重的铁链。"这家伙也要用铁链好好锁着，否则会从这里逃跑。为什么大家都要离开我呢？算了，随便吧。我每天晚上都用刀给贝贝的脖子搔痒痒。然后这家伙总是很害怕，还不停挣扎。"乐佩说着从墙壁裂缝中抽出一把光彩夺目的长刀，在小鹿脖子上来回挠着。可怜的小鹿痛苦地弯下身，冷汗直流。

乐佩看得放声大笑。

"你睡觉时，也会把这刀放在身边？"王子有些害怕，小声问。

"对啊，无论何时，我都抱着刀子睡觉。"乐佩若无其事地回答，"因为不知道睡着时会发生什么。不说这个了，我们睡觉。接下来你告诉我，你是怎么迷路来到这座森林的？说给我听吧。"

两人并排躺在稻草上，王子吞吞吐吐地讲起误入魔法森林的经过。

"你和那些侍从分开,会觉得寂寞吗?"

"很寂寞。"

"你想回城堡吗?"

"啊啊,我真想回去。"

"我讨厌你这种哭丧着脸的孩子。"乐佩说着猛地坐起身,"接下来,你应该感到高兴。这里有两片面包和一块火腿,路上觉得饿了就吃下。你在磨蹭什么呢,还不快走?"

王子大喜过望,不由得跳了起来。

乐佩宛若母亲般冷静地说:"啊,穿上这双毛质长靴吧,我把它送给你。路上很冷,我可不想你挨饿受冻。还有,这是我妈妈的露指大手套,来,你戴上试试。哎呀!倘若只看这双脏兮兮的手,简直跟我妈妈的手没区别。"

王子感激得流下眼泪。乐佩把小鹿牵出来,解开锁链。

"贝贝,可以的话,我想用刀子给你挠更多的痒痒,因为真的太好玩了。不过算了,都无所谓了,我要让你离开。你带这个孩子回城堡去。这孩子说他想回城堡,所以你们快走吧,这里已经不要紧了。只有你跑得比我妈妈快,要好好完成我的嘱托哦。"

王子骑上小鹿的背。

"谢谢你,乐佩。我不会忘记你的。"

"这种事我才不在意呢。贝贝,走吧,跑起来!要是你把背上的客人摔下来,我可不饶你。"

"再见。"

"啊啊,再见。"这会儿,反倒是乐佩哭出声来。

小鹿在黑暗中箭一般疾驰,越过灌木丛,穿过森林,直直渡过一面湖泊,继续奔跑在荒野上,将狼嚎与鸟鸣远远甩在身后,这时,王子听见背后传来烟火咻咻燃烧般的声响。

"不能回头。女巫追来了。"小鹿边跑边对王子说,"别害怕,只有流星跑得比我快。不过,你千万不可忘记乐佩的善良。虽然她性情倔强,却是个寂寞的孩子。好了,我们到城堡了。"

王子带着恍然如梦的心情,站在城堡大门前。

可怜的乐佩。女巫这次真的怒不可遏:"你竟敢私自放走我的宝贝猎物。任性也要有个限度啊。"说完,她把乐佩关在森林深处的漆黑塔楼里。塔楼没有门,也没有楼梯,只在塔顶的房间开着一扇小窗。乐佩不分昼夜地生活在这里。可怜的乐佩。一年过去了,两年过去了,在光线薄暗的房间,乐佩越来越美。她已长大,变成一个深思熟虑的姑娘。她从未忘记王子。因为太寂寞,有时对着月亮与星辰唱歌。她的寂寞沉陷在歌声深处,森林里的小鸟与树听到她唱歌,不由得泪流满面。月亮哽咽着不说话。女巫每个月来探视一次,留下食物与衣裳。她到底疼爱乐佩,不忍心让乐佩饿死在塔楼里。女巫拥有魔法之翼,可以自由出入塔顶的房间。三年过去了,四年过去了,乐佩年满十八岁。在光线薄暗的房间,在她自己尚未察觉的时候,她已美得万分耀眼,身体散发出迷人的清香,可她依旧恍若不觉。这年秋天,王子外出狩猎,再次迷失在魔法森林,忽然听到一串忧伤的歌声。那声音不容分说地潜入心底,令人动容。王子怅然若失地走到塔楼下。那不是乐佩吗?王子从未忘记四年前邂逅的美丽姑娘。

"让我看看你的脸!"王子竭尽全力地大声喊道,"别唱悲伤的歌了!"

乐佩从塔楼的小窗上探出头,回答:"说这话的人是谁?唯有悲伤的歌谣是悲伤之人的救赎。你这个人,分明就不懂别人的悲伤。"

"啊啊,是乐佩!"王子狂喜道,"请你想起我吧!"

乐佩闻言脸色苍白,继而泛起隐约的红晕。她身上残留着些许小时候的倔强,用尽量冷漠的语调回答:"乐佩?那姑娘早在四年前就死了!"说完,她想放声大笑,可迅速吸了一口气后又很想哭,于是急促的呜咽代替了笑声。

那姑娘的头发是黄金做的桥。

那姑娘的头发是彩虹做的桥。

森林里的鸟儿开始齐声唱奇妙的歌谣。即便伤心哭泣着,乐佩也听见了歌声,被某种绝妙的灵感所捕获。她将自己美丽的长发在左手上缠绕了两三圈,右手握住剪刀。如今,乐佩那美丽的金发已经可以铺在地板上,她却毫不惋惜地咔嚓咔嚓剪下来,将它们编成一条长长的发绳。这是日光下最美的绳子。她将发绳的一端牢牢系在窗台上,然后抓着这条美丽的金色绳子爬下塔楼。

"乐佩。"王子喃喃道,看着她兀自出神。

乐佩来到地面,忽然变得胆怯,一言不发,只是轻轻将自己白皙的手放在王子的手上。

"乐佩,这次轮到我来帮助你了。不,请让我一生保护你。"

王子已经二十岁,看上去非常稳重可靠。乐佩淡淡一笑,点了点头。

两人趁女巫尚未察觉,逃离了森林,疾驰过荒野,万幸,总算平安地抵达城堡。住在城堡中的众人热切地出来迎接。

幺弟费尽心思,好不容易写到这里,却很不开心。他失败了。这根本不是故事的开头,自己连结尾都擅自写好了,很明显又要被兄长与姐姐们嘲笑。幺弟暗自苦苦思索。暮色降临,外出游玩的兄长与姐姐们似乎已经回家,客厅里欢声笑语不断。"我是孤独的。"幺弟被莫可名状的寂寥之感笼罩。这时,他的救星出现了。是祖母。祖母心想,幺弟整天把自己关在书房里,很是可怜。

"你又开始把自己关起来了。怎么样,写得还顺利吗?"祖母走进幺弟的书房问。

"别来打扰我!"幺弟面色不悦。

"又搞砸了吗?你明明不太会写,就不该参加这种愚蠢的竞赛。看吧,把自己搞成这样。"

"我哪知道会写不出来!"

"真是傻孩子,这种事哪里用得着哭呢?来,给我看看你写的。"祖母从腰间取出老花眼镜,开始小声地读幺弟写的童话故事,而后扑哧笑了。

"哎呀,你这孩子原来这么早熟。这故事很有意思。你写得不错。不过,这样一来,情节就接不下去了吧。"

"就是说嘛。"

"你很为难吧?换作是我,会这么写:'住在城堡中的众人热切地出来迎接。然而,接下来的生活充满一连串的不幸。'怎么样?毕竟是女巫的女儿与王子啊,身份相差太过悬殊。无论他们多么相爱,终究不会迎来美好的结局。这桩婚姻本来就不会幸福。你觉得呢?"祖母说完,毫不迟疑地用食指戳了戳幺弟的肩。

"这种事情我也知道。祖母您快去那边啦!我也有我的构思嘛。"

"哦,这样啊。"祖母着实气定神闲,对幺弟的想法也一清二楚,"你赶快把后面写一写,写好就到客厅来。肚子饿了吧?来喝年糕菜汤,然后玩玩歌留多①纸牌,这样不是很好吗?这种竞赛无聊透顶。剩下的交给你大姐,她很会写这些。"

将祖母送出房间后,么弟不慌不忙地补写了所谓"自己的构思"。

"然而,接下来的生活充满一连串的不幸。女巫的女儿与一国的王子,身份相差太过悬殊。一切不幸将从这里开始。后面的故事拜托大姐了,请珍惜乐佩。"

么弟按照祖母的提议,原原本本写下这段话,长长舒了一口气。

三

今天是正月二日。同全家聚在一块儿吃完年糕菜汤后,长女立即钻回自己的书房。她穿着纯白羊绒毛衣,胸前别着小小的黄色玫瑰饰品,轻松地坐在书桌前,然后摘下眼镜,笑着用手帕将镜片擦拭干净,复又戴上。她夸张地眨眨眼睛,忽然端肃了神情,接着调整坐姿,一手托着腮,沉思一会儿,拿起钢笔书写。

---

① 歌留多:日本的一种纸牌游戏,预先把和歌写在纸牌上,读牌者读出牌面的和歌上句,听牌者凭此找出写有对应的和歌下句的纸牌。

真正的故事，往往始于恋爱的舞会结束之后。当有情人终成眷属之际，大部分电影会在屏幕上现出"The End"的字样，而我们想知道的唯有一点，那便是接下来这两人过着怎样的生活。人生绝非始终由一连串兴奋的舞会组成，主人公永远生活在一目了然的、令人扫兴的宿命中。我们的王子与乐佩，只在年少时见过一面，便感受到难以割舍的情愫，随后二人立即分开，未有一刻忘记共同相处的时光，历经千辛万苦，在彼此成年后得以重逢，然而这个故事绝不会就此结束。这里必须对大家交代的，反倒是二人从今往后的生活。王子与乐佩手牵着手逃离魔法森林，穿过一望无垠的荒野，不吃不喝，默默无言，日夜兼程，终于抵达城堡。可是，接下来的一切才更加辛苦。

　　王子与乐佩精疲力竭，却没有时间好好休息片刻。国王、王后，以及侍从们眼见王子平安归来，欣喜万分，立即询问了许多关于这趟冒险的事，也终于明白，那位低头站在王子背后的异常美貌的姑娘，便是四年前王子的救命恩人，整座城堡更加欢喜热闹。大家让乐佩用香水沐浴，换上漂亮轻盈的洋装，让她睡在一张几乎全身都会陷下去的厚厚的软床上。乐佩睡得很沉，几乎连呼吸声也听不见。她睡了很长时间，终于睁开双眼时，就像熟透的无花果自然地从枝头飘落，只见枕边站着一身盛装、已然精神百倍的王子。他对着她展颜微笑。她感到有些难为情。

"我要回家。我的衣服在哪里？"她微微抬起身道。

"真是个小傻瓜哪。"王子悠悠地说，"衣服不是好好穿在你身上的吗？"

"不是这件，我要我在塔楼里穿的衣服。请把它还给我。那是我妈妈搜集了最好的布料为我缝制的。"

"你真傻哪。"王子再度开口，语调依然悠闲从容，"因为想家而感到寂寞了吧？"

乐佩不由得用力点头，忽觉胸口闷闷的，开始失声哭泣。她并非因为离开母亲，来到这座全是陌生人的城堡而寂寞。对于此事，她早有心理准备，何况母亲也不是心地善良的好人，就算有一副好心肠，也应该明白，女儿家为了心上人，还是会若无其事地离开所有亲人，根本不会感觉寂寞。其实，乐佩并非寂寞想家才哭泣，真正的原因大约是她觉得丢脸又悔恨。自己一门心思逃到城堡来，穿着这样高贵的衣裳，躺在这么柔软的被窝里酣眠，醒来后冷静思考，发现自己配不上眼下的身份。我只是卑贱女巫的女儿。当她清楚地记起这个事实，便羞愧不已。不仅难为情，还产生了莫大的屈辱之感，故此唐突地说想要离开。看来乐佩依然保有些许小时候的倔强脾气。然而，不知人间疾苦的王子无法理解这种心态，看到乐佩忽然哭泣，只是格外困惑。

"你还是很累的样子。"王子兀自揣测着，"肚子饿了吧，不管怎么样，我先去叫人准备吃的。"王子低声自语着，慌乱地步出房间。

不一会儿，来了五位侍女，再次服侍乐佩用香水沐浴一番，为她穿上比之前的衣裳还要沉重的艳红礼服，在她脸上和手上薄施脂粉，熟练地为她梳理被剪短的金色秀发，最后不慌不忙地给她戴上珍珠项链。当一切拾掇完毕，乐佩站起身时，五位侍女同时深深感叹，说从未见过如此高雅漂亮的公主，从今往后，世间再不会有女子比她更美。

乐佩被带到餐厅。国王、王后和王子已经神情愉悦地等在那里。

"哦，美极了。"国王张开双臂，欢迎乐佩。

"真是很美。"王后满意地颔首。国王与王后非常温柔体贴，并且慈祥和蔼，毫不傲慢。

乐佩含笑行礼，神情有些落寞。

"请坐，坐这里。"王子当即牵着乐佩的手，领她坐在餐桌旁，自己则坐在乐佩一旁，眉目间挂着异常可笑的得意之色。

国王和王后也浅笑着落座。不多久，大家开始用餐，气氛温馨。唯独乐佩一人茫然无措。她看着端上来的一道道佳肴，不知如何去吃，毫无头绪之下，只得屡次悄悄看向身旁的王子，模仿他的姿势。这是一桌仅供皇室享用的美味，可即便将食物送进口里，她也只觉味道奇特，非常恶心。毕竟此前，乐佩只吃过女巫用青虫五脏做的色拉和蛆虫佃煮①一类的菜。对乐佩而言，这一桌食物唯有鸡蛋料理好吃，可它比不上森林里的乌鸦蛋。

用餐时众人的话题很丰富。王子谈起四年前的恐怖经历，并为这一次的冒险感到自豪。国王听得很是感动，深深点头之际总会举杯，最后直喝得酩酊大醉，王后只好扶他去别的房间休息。餐厅里唯剩王子与乐佩两人。

乐佩脸色苍白，低声说："我想去外面走走，不知怎么的，觉得胸口闷。"

王子的心情实在太好，因此忽略了乐佩的痛苦情绪。大约人在幸福之时，往往很难留意别人的苦闷。乐佩苍白的脸色映入眼底，可王子竟也毫不担心。

"你是吃太多了，去庭院里走走吧，很快会恢复的。"他轻飘飘地留下一句话，起身走了出去。

天气晴好。秋天已过去一半，这处庭院依然花意浓重。乐佩看着花朵，终于微微笑开。

"现在心情轻松多了。城堡里光线很暗，我还以为到晚上了呢。"

"怎么可能呢。从昨天白天到今天清晨，你一直睡得很

---

① 佃煮：用砂糖、酱油熬煮的鱼类、贝类、海草类小菜。

熟，连呼吸声都听不见，我还担心你再也不会醒来。"

"要是魔法森林的姑娘在那时候死掉，醒来后变成高贵的公主该多好。然而我醒来后，依然只是女巫的女儿。"乐佩说着这话，发自肺腑地感觉遗憾，可王子以为她在开玩笑，于是大笑起来。

"是吗？原来是这样啊，还真是可怜啊。"说完，王子再次大笑出声。

两人走近一片荆棘丛，不知名的纯白小花次第绽放，散发着浓郁的香气。王子忽然停下脚步，目光瞬间变得格外严肃，狠狠将乐佩拥进怀里，仿佛要把她全身的骨骼碾碎，接着还做出发狂般的意外举动。乐佩忍耐着。这已不是第一次，之前他们从森林逃到荒野，日夜兼程地赶路时，也发生过三次类似的情况。

"你哪儿也不会再去吧？"稍微冷静下来后，王子低声问道，继续与乐佩并肩散步。两人离开那片开着纯白小花的荆棘花荫，走去水莲绽放的小小池塘。不知为何，乐佩忽然扑哧一笑。

"嗯？你怎么了？"王子凝视着乐佩的脸问道，"你在笑什么？"

"对不起。我看着你异常严肃的模样，不由得便笑了出来。事到如今，我还能去哪里呢？我在那座塔楼里等了你四年。"两人来到池塘边。乐佩很想哭，软软地坐在岸边的青草地上，仰头看着王子，"国王与王后同意我留下来吗？"

"当然。"王子恢复了平日里无拘无束的笑容,在乐佩身边坐下,"你是我的救命恩人啊。"

乐佩将脸伏在王子的膝盖上,低声啜泣。

数日后,两人在城堡举行盛大的婚礼。这一晚的新娘,仿若失去羽翼的天使,瑟瑟发抖,惹人爱怜。王子觉得这朵与自己出身、经历截然不同的野玫瑰格外珍贵稀奇,共同生活了一两个月后,乐佩出人意料的思考方式、近乎残忍的活泼举动、毫不畏惧的勇气与幼儿般天真的发问,都让王子觉得有趣极了。那是一种无与伦比的魅力,他沉溺其中。隆冬过去,天气日渐和暖。庭院里花期较早的花儿即将绽放,两人并肩在庭院里散步。此时的乐佩已怀上小宝宝。

"不可思议,真是太不可思议了。"

"你似乎又有疑惑了呢。"王子年满二十一岁,模样稍微成熟了些,"我想听听看,这回你又会问出什么问题。记得上次你问的是,神明究竟住在哪里,可真是个了不起的问题哪。"

乐佩低头笑着,说:"我是女人吗?"

这个问题令王子不知所措,只好煞有介事地回答:"至少……不是男人。"

"果然,我也会像别的女人一样,生下小孩,然后变成老太婆吧?"

"会变成美丽的老婆婆。"

"我才不要。"乐佩幽幽一笑，神情格外失落，"我不要生小孩。"

"为什么你会这么想呢？"王子从容不迫地问。

"昨晚我一夜没睡，一直在思考这个问题。生下小孩，我会马上变成老太婆，而你也一定只会疼爱小孩，把我视为累赘吧？没有人会再来爱我，我很清楚这点。因为我是出身卑贱的愚蠢女人，一旦变成老太婆，便又丑陋又肮脏，那就真的没有可取之处了。我只能再次回到森林做女巫，除此以外，别无选择。"

王子面露愠色："你还是无法忘记那座不祥的森林吗？想一想你眼下的身份吧。"

"对不起。我明明已经忘得干干净净，可在昨晚那种寂寞的时刻，我不由自主地又回想起来。我妈妈是个可怕的女巫，可她对我很好，也是真心疼爱我，养育我。即便从今往后没有人再爱我，唯独她，唯独我住在森林中的妈妈，无论何时，一定都会紧紧拥抱我，把我当作她的宝贝。"

"我会始终陪在你身边，不是吗？"王子相当不悦地说。

"不，你不会。虽然你一直都爱我，但那只是因为你觉得我很稀罕很有趣罢了。不知为何，我常常觉得寂寞。等我生下小孩后，你就会觉得那个孩子更稀罕，然后把我忘了，对吧？因为我是个如此无趣的女人。"

"你根本就不知道自己有多美。"王子尖锐地指责，怒吼般道,"净说无聊的话。今天你的问题实在没意思极了。"

"你根本就一无所知。我最近很痛苦。我的身上果然流着女巫恶魔般的血液,是个野蛮的女人。我痛恨即将出生的孩子,恨不得杀了他。"乐佩声音颤抖,咬住下唇。

怯懦的王子战栗着听完,心想她或许真会杀死腹中的孩子。

一般而言,不懂得放弃、只依照本能行事的女子,往往会酿成悲剧。

长女神色自信,文思泉涌。待写到这里时,她静静地搁下笔,从头至尾又读了一遍,时而脸颊泛红,时而咧嘴苦笑,因为有些地方写得过于色情露骨。想必刀子嘴的次男看完,会当场冷笑吧。那也是没办法的事,她可不会为此妥协。这些情节大约便是此刻她心境的真实写照。她觉得有些悲伤。不过,在几位兄弟姐妹中,能将女性纤细敏感的心思描绘得如此细腻的人,也只有自己了,想到此,她又隐隐感到心中某处寄宿着的骄傲之情。书房的暖炉里没有生火,此刻她猛地记起这桩事,喃喃道:"唔,真冷。"然后缩着肩膀站起身,拿着写好的小说稿去了走廊,差点撞上等在那里的幺弟。他脸上挂着意味深长的神情。

"失敬,失敬。"幺弟狼狈地道歉。

"阿和,你是来探查'敌情'的吗?"

"呃,不是不是,没这回事。"幺弟脸颊通红,越发支支吾吾起来。

"我知道,你担心我不能顺利把故事写下去吧?"

"事实上,确实如此。"幺弟小声地承认,径直自嘲道,"我那开头很差劲吧?反正我一贯都不会讲故事。"

"不会哦,这次写得很有趣。"

"是吗?"幺弟两只小小的眼睛里闪烁着喜悦的光芒,"大姐,你写得挺顺利吧?有好好地对待乐佩吗?"

"嗯……还算不错吧。"

"感激不尽!"幺弟双手合十向长姐致谢。

四

第三日。

元旦那天,次男来到位于郊外的我家,把日本近代小说彻底批判一通,并且贬得一文不值,到薄暮时分,他尚且兀自亢奋不已,低声道:"这可不妙,好像发烧了。"他连忙赶回家去。果然,那晚他发了低烧。昨日一整天睡一会儿醒一会儿,今早依然没有康复,头似乎还有些昏沉,只得心情郁闷地躺在被窝里。过分说他人作品的坏话,就会像这样感冒发烧。

"怎么样？感觉有没有好一些？"母亲走进房间，坐在他枕边，轻轻将手按在儿子的额头上，"好像还有一点烧。你要好好养病。昨天吃了年糕菜汤，又喝了屠苏酒，时不时地起床，不安静休息，这样勉强自己是不行的，发烧的时候，就该老老实实地躺着睡觉。你本来就身子弱，千万不可逞强。"

被母亲念叨了一通，次男意志消沉，无言以对，只好微微苦笑着聆听母亲的训诫。次男是兄弟姐妹中最冷静的现实主义者，也是口齿相当辛辣的"毒舌家"，不知为何，唯独对母亲十分顺从，蔓草一般柔软，完全不敢发脾气。可能因为生来体弱多病，给母亲带去不少麻烦，他打心眼儿里感到内疚吧。

"今天一天，你就乖乖睡觉。不可以随便起来走动。饭也在这里吃，粥已经熬好了。一会儿阿里（女佣的名字）会端来。"

"妈妈，我想求你一件事。"次男声音微弱地说，"今天轮到我了，我可以写吗？"

"写什么？"母亲一头雾水，"你究竟在说什么？"

"就是那个'小说连作'的游戏又开始了嘛。昨天我闲来无事，硬是让大姐给我看了看她写的稿子。结果看完后，一整晚都在想着怎么接下去。这次真的有点难。"

"不行，不行。"母亲笑着说，"文豪感冒的时候，脑子里也不会浮现出好灵感。换成大哥来写如何？"

"不行,大哥可写不好。大哥他啊,没有才华。他写的东西,每次都像在做演讲。"

"不可以说这种坏话。大哥写的东西总是很有男子汉气概,很了不起的。我向来最喜欢你大哥写的东西。"

"你不懂。妈妈你一点都不懂。无论如何,这次我非写不可。那段故事的后续必须由我来写。妈妈,求你了,让我写吧。"

"这可伤脑筋了。你今天一定要好好睡觉呢。先请你大哥代笔吧。等你明天或者后天身体真正康复了,到时候再写不也很好吗?"

"不行,妈妈,看来你根本瞧不起我们的游戏。"次男夸张地叹了口气,抓起被子蒙住脑袋。

"我懂了。"母亲笑道,"是妈妈不对。要不这样吧,你躺在床上慢慢地说,我把你说的都记录下来。怎么样,可以这么做吧?去年春天,你发烧躺在床上,那篇学校规定的很难写的论文,不也是妈妈按照你说的写下来的吗?那会儿妈妈其实写得不错吧。"

病人依然蒙着被子没有回答。母亲束手无策。这时,女佣阿里端着早餐走进房间。阿里从十三岁起就到入江家服侍。她出生于沼津附近的渔村,来这里也快四年了,早已完全融入入江家的浪漫氛围。她会找家里的小姐们借来妇女杂志,趁闲暇细细阅读。最喜欢看从前复仇题材的趣谈，每次都兴奋不已。对于"女人贞操第一"的观点，她格外赞同，甚至内心紧张，决定拼了命也要守住自己的贞操。她的柳条行李箱中藏着长女送给她的银制拆信刀。她将它看作护身的怀剑。她肤色浅黑，但脸蛋小小，皮肤紧致，装束整洁。左脚有些不便，走路时显得略往后拖，看得人禁不住心生爱怜。她很尊敬入江一家，将他们奉若神明。她觉得祖父做的银币勋章璀璨炫目，犹如稀世珍宝，觉得长女是世间最博学的学者，次女是世间最漂亮的美人。然而，她特别倾慕家里体弱多病的次男，简直为他着迷，幻想若能陪在那样俊美的主人身边，与他一道复仇，不知会有多快乐。可惜如今的时代，已经无所谓从前那种复仇之旅，她觉得无聊透顶。她总在琢磨这些蠢事。

此刻，阿里恭敬地将饭菜放在次男枕边，感到些许失落。因为次男依然把头蒙在被子里，而母亲只是静静在一旁笑着，谁都没有理会她。她默默地坐在那里，等了一会儿，房间里依然悄无声息，于是她怯怯地问夫人："少爷病得很严重吗？"

"我也不太清楚。"母亲笑着道。

次男冷不丁掀开被子，趴在床上，拉过枕边的饭菜，抓起筷子狼吞虎咽地吃起来。阿里大惊，但随即冷静下来，立刻服侍次男用餐。次男一言不发，大口喝着稀粥，愤然嚼着梅干，似乎食欲旺盛。

"阿里，你觉得如何？"他一边剥着半熟的鸡蛋，一边突兀地问，"比方说，我和你结婚的话，你会怎么想？"这个问题实在出人意料。

比起被问到的阿里，母亲惊慌失措了十倍不止。

"天啊！你在说什么胡话！就算是开玩笑，也不能说这种话。阿里，他是在逗你呢。竟然开这种玩笑，实在太乱来了！"

"我只是打个比方。"次男态度从容。他从刚才起一直在思考小说情节，完全没察觉这个比方如何刺伤了阿里小小的心。他是个任性的孩子。

"阿里，你会怎么想？说给我听听看，我要拿来当小说的参考。因为那一段实在太难接下去了。"

"都怪你突然说这种前言不搭后语的浑话……"母亲悄悄松了口气，"阿里也不懂啊。对吧，阿里？别理他，阿猛（次男的名字）总是喜欢说些莫名其妙的话。"

"如果是我——"只要能够帮上次男的忙，阿里觉得，要自己说什么都成。哪怕夫人面有难色地冲她眨眼示意，她也全然无视，反倒认为成败在此一举，于是握紧拳头答道，"如果是我，会去死吧。"

"什么啊。"次男神情失望，"真没劲，死了多无趣啊。要是乐佩死掉，故事也就结束了。不行呢。好难写。到底要怎安排才好？"他还是竭尽全力思考着小说情节，而阿里竭尽全力的回答似乎完全没起作用。

阿里十分沮丧，默默收拾了碗筷，呵呵笑着，掩饰自己的难为情。她端着托盘逃离了房间。到走廊时，本想试着伤心地哭上一哭，可又一点不觉得悲伤，于是发自内心地笑出来。

这会儿，母亲在心底暗暗感激年轻人的天真淡然，反倒为自己的多心与狼狈感觉羞耻，目前自己应该信任他们。

"怎么样，整理好思绪了吗？你就躺着好好休息，想到什么尽管说，妈妈来帮你写。"

次男再度躺回床上，将被子拉到胸口，闭着眼睛，思考着种种情节，一副苦恼万分的表情。终于，他装模作样地用格外严肃的语气说："想法已经整理妥当，那就拜托您了。"

话音落下，母亲不由得扑哧一笑。

以下便是那一日母子协力完成的口述笔记的全部内容。

宛如碧玉的孩子诞生了，是个男孩。城中众人欢喜雀跃。然而生产后，乐佩的身体一天天衰弱，王子召来全国的名医，试了很多方法，大家却束手无策。眼见她的健康状况越来越糟，危在旦夕。

"所以，所以，"乐佩躺在床上静静地流泪，对王子道，"所以我不是跟你说过不要生小孩吗，我毕竟是女巫的女儿，能隐约预知自己的命运。我一直觉得，如果生下小孩，必将发生不幸之事。我的预言向来会应验。倘若现在死了便能解除灾厄，那倒罢了，可我总有预感，那是用我的死也没法消解的可怕灾祸。如果像你告诉我的那般，真有神明存在，我也想向神明祈祷。眼下，我们一定正被某人怨恨着。大约是因为我们犯下了不可饶恕的错误吧。"

"没有的事，没有的事。"王子在病床边惶然踱步，一个劲矢口否认，却无计可施。小王子的出生带来的喜悦转瞬即逝，面对乐佩原因不明的衰弱，他心绪不宁，夜不能寐，只是一味在乐佩的病床边踟蹰，想不出任何对策。王子果然还是深爱着乐佩。王子爱上了乐佩美好的容颜与婀娜的身姿，以及由于出身、境遇的不同在她身上所形成的珍贵之感，这种感觉犹如异域花朵般罕见。此外，他还被她惹人爱怜的盲目与天真吸引，深深为她倾倒。王子的爱便是这般忘我，并非来自精神的高度共鸣与相互信赖，也不是基于对彼此拥有共同先祖的血脉认同，更不是出自"为同一种宿命殉情"这种深刻的觉悟与理解，可无论上述理由多么充分，我们也不能据此怀疑王子给予的爱情的本质。王子诚实地感受到乐佩的可爱，并无可救药地爱着她。他只是单纯地爱着她。难道这样也不可以吗？所谓纯粹的爱情，大抵便是如此。女人在内心深处悄悄追求的，除了这种一往无前的爱意，别无他物。说什么精神性的高度信赖，抑或为同一种宿命殉情，倘若彼此厌恶，这些也无非是空谈，是虚无。总归对方身上要有自己喜欢的点，那么所谓"精神性"也好，"宿命性"也罢，这些装腔作势的概念听起来才仿佛煞有其事。不，概念的存在，只是用来阻止彼此爱意的泛滥，或是用它来反省、辩解自身热烈的举止。在年轻男女的恋爱里，没有什么比那种辩解更令人恶心。尤其是，出自"为了拯救女人"之类想法的男人的伪善，让人实难忍受。若是喜欢一个人，为什么不能明白地说出自己的心意呢？前天，我去作家D先生①的家里玩，也说过这番话。D先生竟说我是个俗物。可根据我的近身观察，D先生自己在日常生活中也完全以个人好恶为标准，擅自做出各种有利于自己的判断。他根本就在说谎。我不介意自己究竟是不是俗物，但我喜欢就事论事，喜欢说实话。能够做自己喜欢的事，对一个人来说再好不过。话题扯远了。我只是觉得，那种精神性的、基于相互理解的爱情太过遥远。王子的爱恋是率直的。他确实爱着乐佩，那是一种纯粹的爱情。他发自内心爱着她。

"不准你说'会死'这种傻话。"王子极其不快地吼道，"你难道不明白我有多爱你吗？"

王子是坦率的人。不过，仅仅依靠坦率这种美德，没法医

---

① D先生：暗指作者自己。太宰治名字的罗马音为：Dazai Osamu。

治乐佩的重病。

"你要为我活下去!"王子呻吟道。"不准你死!"王子喊道。除此以外,他不知道自己应该说些什么。

"只要你活着,只要你活着,为了我。"他的轻声细语飘落在空气中。

此时,耳畔传来沙哑的声音:"真的吗?只要活着就好?"

王子愕然,回头一看,吓得汗毛倒竖,仿佛被兜头浇下一盆冷水。那位老婆婆,就是那位女巫,她正静静地站在自己身后。

"你来做什么!"王子不由得大吼出声。不是源于勇敢,而是因为太过恐惧。

"当然是来救我的女儿。"女巫语气平静地回答,然后微微一笑,"我早就知道你们之间的一切。这世上还没有我不知道的事呢。一切的一切我都知道。你把我女儿带来这座城堡,全心全意地呵护她,这一点我自然也知道。如果你只是一时兴起,玩弄她的感情,我绝不会袖手旁观,不过看起来,你似乎有那么几分真心,我才忍到今天。倘若女儿过得幸福快乐,我也会为她高兴。但是,看来不行了啊。你大概不知道,我们女巫家的女儿,若是得到男人的宠爱,生下小孩后,不是死就是变成世间最丑的女人,没有其他,只有这两种下场。此事乐佩好像不大清楚,不过应该凭直觉明白了,所以才会那么排斥生小孩。演变成如今的局面真是可怜。你究竟打算怎么对待乐佩？是眼睁睁看着她死掉，还是哪怕她变成像我一样丑的女人，也要她活下去？你刚才念叨着，无论发生什么事，只要她活下去就好，对吧？我年轻的时候也是个绝对不输乐佩的漂亮姑娘，后来与一个旅行中的猎人相爱，生下乐佩。那时我母亲问我'是要死，还是活'，我无论如何都想活下去，所以求母亲救了我。母亲施咒为我捡回一条命，但也因此，我的脸变成你眼前的这副'美丽容颜'。你考虑得如何？刚才的愿望是发自真心吗？"

"让我死掉吧。"乐佩躺在病床上，痛苦地挣扎着，"只要我死了，大家都可以平安度日。王子，乐佩蒙你照顾至今，心满意足，不想再苟活于世间，遭遇心酸之事。"

"请让她活下去！"这一次，王子怀抱着切切实实的勇气，义正词严地说道，由于苦恼，额头上也渗出了汗水，"乐佩的脸一定不会变成老婆婆的模样。"

"我有必要骗你吗？很好，既然如此，我便让乐佩长长久久地活下去。无论她的脸变得多难看，你都能一如既往地爱护她吗？"

五

次男躺在病床上口述的内容，篇幅虽短，却多少让情节出现了大幅度转折。不过毕竟只是躺着喝了点粥，这位高傲无礼的天之骄子，平日对日本所有现代作家报以冷嘲热讽，眼下只不过展示了些许自身特异的才华，将原本构思妥当的情节陈述了不到三分之一，已经精疲力竭。纵使才华横溢，到底扛不过病痛的折磨，在情节刚刚发生转折、即将进入高潮之际，抱憾将故事交给下一位选手。而下一位正是生性傲慢的次女。她喜爱一鸣惊人，功利心也强，到了第四日清晨便焦灼不安。全家人围在餐桌旁吃早餐，唯独她只简单吃了面包与牛奶。她觉得，倘若和家人一道喝味噌汤，吃腌渍萝卜之类的食物，不仅污染胃腑，还会让想象力枯竭。吃完早餐，她到了客厅，杵在那里胡乱敲击钢琴键，把能想到的钢琴曲，诸如肖邦、李斯特、莫扎特、门德尔松、拉威尔的曲子肆意弹奏了一通，认为如此一来灵感便能从天而降。这姑娘做事尤其夸张。自认为得到灵感后，她一本正经地离开客厅，进入浴室，脱下袜子洗脚。这着实是不可思议的行为。然而次女的意图是凭借这一行为清净自身。毫无疑问，这是无比变态的洗礼方式。如此将身心都清洁一番后，次女感到心满意足，缓缓回到自己的房间。她坐在椅子上，低念了一声"阿门"。这实在够离谱的，因为次女应该没什么信仰才对。其实她只是为了表达此刻紧张的心绪，认为"阿门"这个词很贴切，便临时借用一下罢了。"阿门"，原来如此，心情真的平静下来了。次女装模作样地在脚下的陶制小火盆里点燃梅花气味的熏香,然后深深呼吸,半眯起眼睛。她觉得,此时自己颇能体味古代闺秀作家紫式部①的心境。脑海里忽然浮现《春曙为最》这篇散文,觉得很是舒坦,随后她又很快记起这是清少纳言②写的,又觉得扫兴得很,连忙从书架上抽出一本《希腊神话》,这是异教神话,足以说明她的那声"阿门"源自彻头彻尾的虚假信仰。《希腊神话》是她的空想源泉。当她想象力枯竭时,便会翻开此书,眼前立刻充斥着花朵、森林、清泉、恋爱、天鹅、王子、妖精……却往往起不了什么作用。次女的一连串所作所为着实令人匪夷所思。肖邦、灵感、洗脚、阿门、梅花熏香、紫式部、《春曙为最》、《希腊神话》,这些根本没有任何关联,不是吗?它们支离破碎,只是次女装腔作势的道具。她哗啦啦地翻阅《希腊神话》,凝视着书中全裸的阿波罗插图,嘴里泄出令人浑身不舒服的淡淡冷笑声,然后砰的一声把书扔远,拉开书桌抽屉,拿出一盒巧克力还有糖果罐子,用非常造作的手势——仅仅使用食指和拇指,其他三根手指往上翘得高高,她以这种撩人的手势拈起巧

---

① 紫式部(约973—?),平安时代女作家,"三十六歌仙"之一。代表作有《源氏物语》《紫式部日记》。

② 清少纳言(约966—约1025):平安时代女作家,"三十六歌仙"之一,与紫式部、和泉式部并称平安时代三大才女,代表作为《枕草子》。《春曙为最》即《枕草子》的第一篇。

克力，刚塞入口中立马吞了下去，随即拿起糖果扔进嘴里，咔嚓咔嚓地嚼碎，接下来又吃巧克力，接着再吃糖果，犹如饿鬼抢食般狼吞虎咽。早餐时，为了减轻胃腑负担，她用了点面包牛奶，但那毕竟太少了，根本填不饱肚子。原本次女便是十足的大胃王。刚才她是在装优雅，故意只吃了面包与牛奶，但这点食物完全不够，相当不够。于是，她躲进书房，避开大家的视线，尽情发挥大胃王的本性。总之，她是个极其虚伪的姑娘。咽下二十块巧克力、十颗糖果后，她若无其事地哼起歌剧《茶花女》。一边哼唱，一边吹掉稿纸上的灰尘，拿起蘸水钢笔，蘸满墨水后，慢条斯理地写起来。态度颇为不屑。

"不懂得放弃、只依照本能行事的女子，往往会酿成悲剧。"

初枝（长女的名字）女士的这则暗示，在此似乎遭逢了些许混乱。乐佩出生于魔法森林，吃串烤青蛙与毒蘑菇长大，在女巫妈妈盲目的疼爱下，她的脾气格外任性，以森林里的乌鸦与小鹿为玩伴。换句话说，她是个"野生孩子"，不可否认，无论在兴趣爱好抑或感觉感官上，她依然保持野蛮的本能。由此我们很容易推断，她那源于本能的言行举止，反倒成为某种魅力，令王子发狂般着迷。然而，乐佩真的是不懂放弃的姑娘吗？虽然我们可以确定，她就是本性野蛮，但眼下事关生死，乐佩不是放弃了一切吗？乐佩说要去死，说死了比较好。这话不就表示她放弃了一切吗？初枝女士却指责乐佩是个不懂得放弃的女人。假使我轻率地驳斥这一点，大约会被斥责。我讨厌被斥责，姑且赞同初枝女士的说法。乐佩确实是个不懂得放弃的姑娘。虽然那句"让我去死吧"带着惹人爱怜的谦虚意味，但仔细想想，这是一句非常自私、相当自恋的话，可见她满脑子盘算着如何被爱。她认为只有当自己拥有被爱的资格时，活着才有意义，这个世界才令她感到快乐。当然，这个看法是毋庸置疑的。然而现在，她已经格外清晰地察觉，自己没有被爱的资格，却还是得活下去。其实，纵使没有"被爱的资格"，人也应当永远保有"爱人的资格"。我认为一个人真正的谦虚，是懂得主动付出爱情的喜悦。仅仅追求被爱的喜悦，才是野蛮无知的举动。

迄今为止，乐佩一味思考如何被王子所爱，却忘记如何去爱王子，甚至连爱亲生孩子这种事也全然忘记。不，不对，我甚至觉得她在忌妒自己的孩子。当她知晓不会再被任何人爱时，便横下心，只求一死，这是多么自私任性的人。她必须更爱王子才行。王子也是寂寞的。要是乐佩就这样死掉，王子必然会一蹶不振吧。乐佩必须回报长久以来王子对她的爱，她应该期望自己活下去，无论如何都要努力活下去。无论将来有多少痛苦等着自己，此刻，她都要为了孩子而活，并且予他疼爱，只求把他抚养得健康又结实，这才是真正懂得放弃之人所具备的谦虚心态。即便自己的容貌变得丑陋不堪，不再被爱，也可以躲在不为人知的角落，悄悄去爱人、去奉献。世间没有比主动付出爱情更为巨大的喜悦。能够坦率认识到这一点的女人，才是神明的宠儿。纵使世间无人爱她，神明之大爱也会眷顾于她。真是幸福啊。虽说笔者在此讲得头头是道，但内心想法未必与以上陈述一致。笔者认为，人长得漂亮，被大家疯狂爱护，是世间最美好的事。可若不乖乖搬出上述论调，唯恐惹初枝女士不悦，因此笔者诚惶诚恐、提心吊胆，提出这一并非本意且高高在上的论点。初枝女士实乃笔者胞姐，亦为笔者之法语老师，笔者向来不敢违逆她的诸般见解，必得恭谨相待，礼貌顺服。常言道长幼有序，可见身为幼者着实辛劳。

乐佩诚如前文所言，是个不懂得放弃的无知女子，想到自己即将丧失被爱的资格，祈求不如快快死去。她坚持认为，活着即等于得到王子的爱，为此，谁都很难改变她的想法。

然而王子仍未放弃。人在痛苦时会向神明祈祷。当痛苦进一步加深，心像被紧紧勒住，甚至会流露狂乱的姿态，乞求恶魔的拯救。王子此时束手无策，只好双手合十恳求肮脏的女巫。

"请让她活下去！"王子大声喊道，心急如焚，汗流浃背，甚至屈膝跪求恶魔。只要能够挽救心爱之人，要他抛开自尊或别的什么，王子皆毫无悔意。真是一个坚忍勇敢、纯真可怜的王子。

女巫微微一笑。

"很好,既然如此,我便让乐佩长长久久地活下去。无论她的脸变得多难看,你都能一如既往地爱护她吗?"

王子胡乱用手掌抹去额上的汗水。

"脸?现在我没有精力思考这种事,只想再次看到一个健康的乐佩。乐佩还很年轻,只要年轻又健康,无论怎样的脸都不至于丑陋。快,快把乐佩变回原来健健康康的模样吧。"王子坚定无比,眼里泛着泪光。让她与美貌相伴而死,或许才是真正的深爱。可是,啊啊,真的不想让她就这样死去,没有乐佩的世界将一片黑暗。这姑娘背负着遭受了诅咒的宿命,世间没有任何事物比这样的她更可爱,我希望她活下去,活下去,而后永远陪在我身边,即使容貌变得丑陋也无妨。我爱乐佩。她是神奇的花朵,是森林的精灵,是山间雾气孕育的女儿,我希望她永远不会消失。王子心中翻涌的哀愁与爱怜令他无比痛苦,几乎承受不住,要不是女巫在场,他真想趴在乐佩瘦弱的胸前失声痛哭。

女巫陶醉地半眯着眼睛,欣赏王子痛苦的神态,仿佛那是世间最美好之物。她的心情显然很畅快。终于,她用喑哑的嗓音道:"真是个好孩子,真是个率直的好孩子啊。乐佩,你是个幸福的女人。"

"不，我是个不幸的女人。"乐佩听到女巫的低语，回答道，"我是女巫的女儿。获得王子的爱以后，我对自己卑微的出身感到耻辱、苦恼，总是无比怀念故乡。在那片森林里的塔楼上，我和星星、小鸟聊天，反而格外惬意。此前，我无数次想着，想逃离这座城堡，回去妈妈身边。可一想到要离开王子，我就无比痛苦。我喜欢王子，如果有十条性命，我愿意把它们都交给他。王子是好人，对我非常温柔，无论如何我都离不开王子，所以才拖拖拉拉地待在这座城堡里，迟迟没法决定。我并不幸福。每天每天，时光于我如同炼狱。妈妈，女人不该和心爱的人结为连理，这样一点都不幸福。啊，请让我去死吧。我没法在活着的时候与王子分开，所以就死别吧。我若现在死了，我与王子，还有大家，都能得到幸福。"

"这只是你的自私任性。"女巫微笑着说，语气充满深邃的属于母亲的关爱，"王子已经与我约定，无论你的脸变得多么难看，他都会爱你。他深爱着你，这非常难得。如此看来，你若真的死去，王子可能会追随你，一道去死。总之，为了王子，你不妨试着恢复健康。今后的事，遇到再解决。乐佩，你已经生下小孩，已经成为妈妈了。"

乐佩轻声叹息，静静闭上眼睛。王子在激动之余，早已丧失一切表情，此刻犹如化石，只是呆呆地站在那里。

女巫准备在此处设置魔法祭坛。她像风一般迅速离开房间,不久拎着什么东西再次出现,随即又迅速消失。就这样,她忽隐忽现、去而复返好几次,将需要的各种物品拿到病房。祭坛以四只野兽的腿为支柱,其上覆有鲜红的布料,这块布以五百种蛇的舌头为原料,那抹鲜红便是从舌头上渗出的血迹。祭坛上摆放着一口黑牛皮制成的大锅,下面明明没有生火,但锅里的热水沸腾得几乎满溢而出。女巫披散着头发,口念咒语,绕着大锅不停转圈,一边转着,一边将各种药草和珍奇物品扔进热水中,譬如从太古时代起便未曾消融的高山积雪、即将消失却闪闪发光的竹叶上的霜露、存活一万年的玄龟的甲壳、在月光下一粒粒搜集起来的砂金与龙鳞、出生后从未在日光下曝晒过的沟鼠眼球、子规鸟吐出的水银、萤火虫尾部的珍珠、鹦鹉的青舌、永不凋谢的罂粟花、猫头鹰的耳朵、瓢虫的爪子、蟋蟀的智齿、海底绽放的一朵梅花,还有别的很多世间至难寻获的贵重宝物。女巫将它们源源不断地扔进锅里,绕着锅大约转了三百圈,直到锅里升起水蒸气,并呈现出七色彩虹般的色泽。女巫及时停下脚步,宛如性情大变一般,威严地对病床上的乐佩呼唤:"妈妈现在要施加一次法术,这是一生一次、极其困难的法术。你要忍耐!"话音未落,她便冲到乐佩的床边,将细长的刀子捅进乐佩的胸膛。

王子尖叫一声:"啊!"

那个瞬间,女巫已双手抱起薄如纸片的乐佩,将她高高举到眼前，随后扑通一声扔进沸腾的锅里。锅里传来幽微的声音，犹如海鸥的哭泣，接着便只余沸水的翻滚，以及女巫低低的念咒声。

这一幕着实出人意料，王子震惊得发不出声音，好一会儿，他才轻声道："你在干什么！我没有让你杀了她，也没有命你用锅煮她。还给我，把我的乐佩还给我。你这个恶魔！"

此时的他没有力气，只能这般指责。然后，他不再有任何力气驳斥女巫，转身扑向空空如也的病床，像个孩子一样，哇地痛哭出声。

女巫不再理会王子，用充血的眼睛盯着大锅，从她的额头、脸颊、脖颈处，有汗水不断淌下。她一心一意地念着咒语。忽然，念咒声停止了，锅里的沸腾之音也戛然而止。王子泪流满面，微微抬起头，不可置信地看着祭坛。

"乐佩，出来吧。"恰如回应女巫骄傲自得又澄净清明的呼唤声一般，不一会儿，乐佩的脸渐次显现。

六

是个美人。那张脸美得熠熠生辉。

长兄非常兴奋地续写。他的钢笔像一根粗笨的香肠。他右手紧紧握着这支威严的钢笔,抿着唇,态度端肃,字迹大而清晰。可惜,这位长兄不像弟弟妹妹们那般拥有讲故事的才华。他们为此有些瞧不起他,然而,说到底这也只是由于弟弟妹妹们性情不够谦逊,而长兄仍有他无人可及的优点。比如,他从不说谎,为人率直,富有人情味,心地善良。现在便是如此,要让他将锅里出来的乐佩写成拥有女巫那般丑陋可怕容颜的姑娘,他是无论如何也做不到的。甚至他感到愤慨,倘若真是这样,乐佩就太可怜了,对王子而言也太残忍。因此,他冲动地写道:"是个美人。那张脸美得熠熠生辉。"接下来,他不知道怎么继续。毕竟长兄太过认真,想象力极其匮乏。所谓讲故事的才能,是那些胡说八道的狡黠之人所具备的。长兄品格高尚,整颗心都燃烧着高洁的理想火焰,爱心泛滥,加之他的爱里没有任何城府与算计,他完全不擅长虚构故事。毫不客气地说,他的故事写得很烂。无论写什么,都会立刻变成论文似的东西。果然,此时他用宛如演讲的语调,专心致志地写着接下来的情节。当写到"那张脸美得熠熠生辉"时,他闭眼沉思片刻,接着缓缓地提笔写下去。尽管这不大像真正意义上的故事,他的诚实与爱心却萦绕在字里行间。

那张脸不是乐佩原本的面孔。不,它果然还是属于乐佩的。但它已不是生病前那张汗毛偏多、如同野蔷薇般惹人爱怜的脸（肆意批评女性的容貌是很失礼的），这张死而复生、隐约含笑的面孔，若以花草作比（以植物来比喻万物之灵的人类的脸庞，实乃莽撞之举），首先能令人想到的是桔梗，或是月见草，总之是秋天的花草。她从魔法祭坛上走下来，寂寞地笑了笑。气质，这在以前是没有的。此时，她周身缭绕着某种娴静优雅的气质。王子不由得对这位秉性高洁的女王行礼致意。

"居然有这般不可思议的奇迹。"女巫侧过头轻声细语，"不应该是这样。我还以为从锅里爬出来的，会是顶着蟾蜍脸的女儿。看来有一股更强大的力量在干扰我的法力。我输了。我对魔法已经厌倦透顶。我要回森林去，理所应当地过完一个无趣老太婆的余生。原来这世上还有我不懂的事啊。"女巫说完，咚的一声将魔法祭坛踢到壁炉里，当作柴火烧得干干净净。据说祭坛上的各种道具，在壁炉里燃起青色的火焰，烧了足足七天七夜。后来，女巫回到魔法森林，与世间普通又温和的老婆婆一样，沉静地度过了余生。

总之，这个奇迹见证了王子用爱的力量打败女巫的魔法之力，但依在下观察，两人真正的婚姻生活，眼下才刚刚起头。极端地说，迄今为止，王子的爱几乎等同于"爱抚"这个词本身。在两人的青春岁月里，这样的情感实属难免，但它终有一日走到尽头，危机也必随之而来。王子与乐佩之间的爱情，确实由于怀孕生子等事件变得矛盾重重，仿佛来自神明的考验。

不过，王子凭借他纯粹又竭尽全力的祈祷，获得了神明的怜悯，使得乐佩蜕去浅薄的肉欲之美，重生为气性高洁的女子，而王子也才会对她行礼致意。从今往后，就在此处，两人揭开婚姻生活的新篇章，相敬如宾。如若缺乏彼此尊重，真正的婚姻则无以为继。如今，乐佩已不是野蛮的姑娘，也绝非任何人的玩物。她带着深沉的悲哀与决然的放弃，在嘴角轻轻浮起一抹体贴的微笑，仿佛与生俱来的女王般冷静沉和。王子与乐佩轻柔地交换了微笑，心情愉悦安详。丈夫与妻子，此一生中，必须不断纠正他们的婚姻。为了发现彼此真正的价值，也不得不战胜一次又一次危机，不轻言别离，反复纠正结婚中的错误，携手前进。五年或十年之后，王子与乐佩兴许会再度"结婚"，但不会失去相互的信赖与尊重，因此在下姑且认为，这实在是可喜可贺之事。

由于长兄写得太认真、太用心，到最后，连他自己都不明白究竟写了什么，不由得感到些许狼狈。自己写的根本不像故事，反倒把原本好好的故事变得糟糕透顶。他握着粗笨的钢笔，神情抑郁。思考良久，他起身去抽书架上的书，一本一本地查阅，终于找到合适的范本，是使徒保罗的书信集，《提摩太前书》①第二章。他认为将这段文字作为乐佩故事的终结很是合理，便轻轻颔首，煞有介事地抄录起来。

  我愿男人无忿怒，无争论，举起圣洁的手，随处祷告。又愿女人廉耻、自守，以正派衣裳为妆饰，不以编发、黄金、珍珠和贵价的衣裳为妆饰。只要有善行，这才与自称是敬神的女人相宜。女人要沉静学道，一味地服从。我不许女人讲道，也不许她辖管男人，只要沉静。因为先造的是亚当，后造的是夏娃。且不是亚当被引诱，乃是女人被引诱，陷在罪里。然而，女人若常存信心、爱心，又圣洁自守，就必在生产上得救。

这样便善始善终了吧，长兄莞尔一笑，认为对于弟弟妹妹们，这段经文是很好的规诫。若没有加写经文，故事中自己的那些论点就显得天真平庸、前言不搭后语，说不定还会被他们取笑。好险好险，我该谢谢保罗。长兄觉得，自己仿若经历九死一生。他始终不忘对弟弟妹妹们说教训诫，性子刻板严肃，写的故事也情节紧绷，最后还一定变成说教的调调。果然长兄亦有做长兄的苦恼。无论何时，他都得端正肃然。长兄与生俱

---

① 《提摩太前书》：《圣经·新约》中的一卷，通常列于第15卷。此译文引用自《圣经》中文和合本。

来的责任感,不允许他同弟弟妹妹们胡闹嬉笑。

到了第五日,这则故事终于在长兄近乎画蛇添足的道德讲义里迎来大结局。今天是正月五日,次男的感冒也已痊愈。正午刚过没多久,长兄意气风发地从书房钻出来,向弟弟妹妹们汇报:"快来,故事写完了!写完了!"他要大家在客厅集合。祖父也笑眯眯地走进来。不一会儿,祖母被幺弟硬是拉了来。母亲与阿里在客厅准备火盆,忙着端茶上点心,以及一些权当午餐的三明治,还拿来了祖父的威士忌。

首先,由幺弟朗读自己写的部分。祖母凑过身子,在每段结尾处都插进一句"原来如此,原来如此",表示赞同,使得幺弟越发难为情。祖父趁大家不注意,将威士忌挪到自己手边,打开瓶盖,径自喝了起来。

见此情形,长兄小声提醒道:"祖父,你是不是喝太多了?"

祖父用更小的声音回答:"浪漫的爱情故事,就是要喝醉了听才有意思。"

幺弟、长女、次男、次女,每个人都费尽心思,用别样的方式朗读完毕,最后轮到长兄,只见他用忧国忧民、热切悲痛的语调读起了故事。次男一开始还强忍笑意,后来实在憋不住,逃去了走廊。次女本就瞧不起长兄的文才,此刻摆出滑稽逗乐的表情,故意拍手叫好。她着实是个傲慢的姑娘。

故事全部读完时，祖父也醉醺醺地说："很有趣，大家都写得很有趣。其中要属留美（次女的名字）写得最棒。"他果然还是偏心次女的。

不过接下来，他睁开蒙眬的醉眼，发表了出人意料的抗议："有一处让人遗憾，大家只是写王子与乐佩，谁都没有提及国王和王后之事。初枝好像略微写了点儿，可那样是不够的。王子之所以能同乐佩结婚，从今往后，长长久久幸福地生活，全是拜国王与王后的慈爱所赐。要是没有获得国王与王后的谅解，不管王子和乐佩多么相爱，今后的人生也会很糟。无视国王与王后的宽宏大量，故事就不能成立。你们还是太年轻了，没有察觉现象背后的要因，只是一味将关注的焦点放在王子和乐佩的恋爱上。如果故事仅止于此，当然远远不够。譬如说，儿子曾经推荐我看的雨果作品，我就很爱读，他的小说可真是细腻详尽、面面俱到。那个雨果啊——"

正当祖父提高嗓门、打算发表高论之际，祖母嗔怪道："难得孩子们兴致勃勃，你泼什么冷水呢。"说完顺便没收了他的威士忌酒瓶与酒杯。

虽然祖父的批评颇有道理，可语气中全无正经，以致没有一人表示支持，反倒对他置之不理。祖父沮丧万分。见此情景，母亲轻轻将勋章递给他。记得去年除夕时，母亲曾瞒着众人为祖父偿还他秘密找别人借的很少一笔钱，凭借这项功劳，获得了祖父授予的银币勋章。

"祖父说要将勋章颁发给写得最棒的人哦。"母亲笑着对孩子们道。

她的本意是想借此机会让祖父重振旗鼓,一脸沮丧的祖父却忽然严肃了神情,说:"不,这枚勋章,果然还是要授予美代(母亲的名字)。永远地授予你。今后,孙子孙女们便拜托你照顾了。"

孩子们听完纷纷感动不已,认为那着实是一枚了不起的勋章。

(《妇人画报》昭和十五年[①]十二月号~十六年[②]六月号)

[①] 昭和十五年:1940年。
[②] 昭和十六年:1941年。

猫头鹰通信

我如期完成了一项大任务。你一定不知道那是一桩怎样的任务吧？毕竟我只是在明信片中告知："接下来，我将出发去旅行。"至于究竟要去哪里，我并没有告诉你。因为我感到有些害羞，也害怕你知道后会像从前一样担心，予我种种忠告，甚至开始训斥，所以故意没有告诉你我的目的地便擅自出发。前几日，我的某篇天真的短篇小说在电台播送时，我曾祈祷这件事别被任何人知晓。尤其若是被你听到，我真想找个地洞钻进去得了。那着实是篇天真的小说。平日里我吝啬惯了，花钱的时候却又挥霍无度，所以始终手头拮据，有时为了省下一文钱反而多花掉一百日元。此外，我忍受贫穷的能力格外薄弱，以至于做不了的工作也会勉强接下来。因为我想挣钱。当初应承创作供电台播送的小说也是如此，我这种乡下粗人，根本无法写出符合电台需求的合格小说，可明知如此，我还是接下了这份工作，大概便是源于明明是个乡下人，却憧憬华丽的事物这种性情中的悲哀弱点吧。我不希望被你听到前几日的电台广播，即便见到你，我也对此只字不提，努力隐瞒到底，然而不幸的是，你竟偶然在上野的"milk hole"店里听到了这则电台广播，第二天便写出一篇长长的、直击人心的感想文给我，我面红耳赤、无言以对。关于这趟旅行，我没有通知任何人，本打算永远守口如瓶，但因生性胆小，实在无法隐瞒到底，反倒把这趟令自己感觉羞耻的旅行原原本本地说给你听。我觉得这样也不错，说出来内心会感觉清爽许多。即便始终瞒着你，也终有一日会被揭穿，电台广播的事也一样，所以我决定以果敢磊落的态度处理它。现在，我正寄宿于新潟的旅馆。这家旅馆似乎非常一流，据说我的房间也是旅馆里最上等的。这里的人将我当作"东京名士"予以款待。今日午后一点，我在新潟的某所高中发表了一场两小时的演讲。而我前面提到的"大任务"就是指这件事。看起来，我已经完成了这桩重大的任务，也回到了旅馆，现在正执笔向你忠实地汇报情况。

今天清晨，我抵达新潟，有两个学生前来车站迎接，或许两人是学校学艺部的委员。我们从车站走到旅馆，大概走了几百米。你知道，我非常不善于估算距离，无法准确告诉你具体有多远，总之走了将近二十分钟。新潟的市街异常干燥，灰尘也多，扔在路上的废报纸被风吹起，在宽阔的道路上犹如模型军舰，一往无前地飞驰着。道路真的非常宽敞，仿佛河川，因为电车没有车轨，所以整条街看上去更白、更空阔。我还渡过了万代桥，看到信浓川的河口，并没有生出什么特别的感触。我觉得这里比东京稍冷，很后悔没有穿着披风来，身上是久留米①碎白花纹的日式裤②，没戴帽子，手提包里只塞了条毛围巾和一件厚厚的衬衫。一进旅馆房间，我立即躺在床上，不知为何，怎么也睡不着。

快到中午时，我起床吃了午餐。生鲑鱼很好吃，据说是从信浓川捕捞的。味噌汤里的豆腐格外软嫩，口感极佳。我问旅馆的女侍："新潟的豆腐很有名吗？"她回答："不知道呢，没听说过有这回事，就是这样！"句尾的"就是这样"的说法很是特别，感觉像写成片假名的"就是这样""就这些吧"，语义含糊而微妙。快到午后一点，学生们开着小汽车来接我。听说学校建在海岸的沙丘上。

我坐在车里问他们："上课时也听得到海浪声吧？"

"那怎么可能？"学生们面面相觑，失笑出声。或许我身上这种老派的浪漫主义令他们感觉可笑吧。

---

① 久留米：福冈县久留米市，所产藏青底色的碎白花纹棉织布非常有名。
② 裤：日本传统服饰，一种宽松裙裤。

到达学校正门口，我下车，放眼望去，校舍呈古朴的柿红色，是木造的低矮建筑，宛如潜伏在沙丘阴影下的兵舍。我察觉在玄关的窗口，有三四个女人笑嘻嘻地探出头，偷偷朝我们窥探着。应该是校务处的办事员吧。这时我想，早知如此，应该穿更体面的和服前来。踏入玄关时，我对自己粗糙劣质的木屐感到些许难为情。

学生带着我来到校长室，我不停地环顾四周。带路的学生告诉我，从前芥川龙之介①也来过这所学校作演讲，那时他对讲堂里的雕刻赞不绝口。我想我也必须赞美些什么，于是四下打量了一圈，却找不出任何想赞美的东西。

不久后，我跟过来迎接的教务主任打了招呼，之后前往会场。会场里除了学生，也聚集了一般市民。似乎有五六个女人正坐在角落里，我刚走进去，她们就拍手鼓掌。我微微一笑。

"这次来，我没有做特别的准备，在旅馆的房间躺着思索了一阵，还是毫无头绪。我一早料到可能出现这种情况，怀里揣着两本从东京带来的作品集。此时果然只好读一读这两本集子了。我在朗读的时候或许会想到什么，若是想到了，再分享给大家。"

我读了初期作品《回忆》的一章，然后就"私小说"这个话

---

① 芥川龙之介（1892—1927）：日本小说家，代表作有《罗生门》《鼻子》《地狱变》等，作品中充满浓厚的死亡意识，1927年7月服毒自杀。

题发表了些许看法，后来也谈到告白的限度。我结结巴巴地讲述着，拼命压抑心底的难为情，说着脑海中转瞬即逝的感想，也说了暴露自己老底的爱情故事。说着说着，我渐渐不想再说下去，于是演讲变得断断续续。我喝了四五杯水，又拿出另一本作品集，是最近创作的《奔跑吧，梅勒斯》，开始大声朗读。读了一会儿我觉得有了别的想说的话，便喝了些水，开始针对"友情"发表演说。

"青春，是友情的纠葛。有时，人努力想要证明友情的纯粹，常常导致彼此痛苦不堪，最终陷入半狂乱的寻找纯粹的游戏里。"我这样说道，接着谈及朴素的信赖。我为学生们诵读了一首席勒的诗歌，告诉他们不要放弃理想。到此为止，我想我已竭尽全力，演讲终于结束。我花了一个半小时。接下来应该会有座谈会，但委员对我建议道："您看上去很疲倦，不妨休息一下。"

我说："不，我一点也不要紧。想必累的人反倒是你们吧。"

这话引来场内不绝的笑声。我早已精疲力竭，却依然能强撑下去。这一点，我和你是一样的。

大家坐着休息了十分钟，然后我将座位移到学生们中间，等候大家提问。

"刚才您提到，写作幼年时代的旧事，须以纯真的孩童之心来书写，这其实很难。所以您身为作者，果然还是以成年人的心在铺陈文思吗？"这个问题一针见血。

"不，关于这件事，我实在很放心。因为直到现在，我还是个孩子。"大家都笑了。我的本意并非逗大家发笑，只是在认真表达我心里的叹息。

由于大家提问并不积极，无奈之下，我念独白般说了很多。比如，人为何必须说"谢谢""对不起"之类的客套话。人们认为，这些话是很有必要的。某些情况下，不说这些对方就无法理解自己。真是扫兴的事实。卑屈并非可耻。一般被称为"被害妄想"的心理状态，也未必是一种精神疾病。自我克制和谦让是美好的，但游手好闲、满不在乎的国王也是美的。至于哪个比较接近神明，我就不知道了。我将所思所想都说了出来，甚至提及罪恶意识。终于，委员起身道："那么，座谈会到此结束。"话音落下，观众席里扩散出一种松了口气般的无奈笑声，仿佛在说"搞什么啊"。

我的任务就这样完成了。不对，接下来还得和主动提议陪我的学生们去城里的"意大利轩"西餐厅吃晚餐，再之后才是我自由支配的时间。演讲结束后，我在大家的掌声中离场，来到光线稍暗的校长室，和教务主任聊了一会儿，收到一件礼物，那是用红白花纸绳装饰得非常漂亮的纸包。走出校门时，我看到五六个学生茫然地站在门口。

"我们去看海吧。"我主动对他们道,而后大步走向海边。学生们沉默地跟了上来。

日本海。你见过日本海吗?黑色的海水,坚实的海浪。佐渡岛形同卧牛,优哉游哉地浮在海平线上。天空看上去低低的。这是个无风的静谧黄昏,天际游移着破碎的乌云,视界一片阴郁。此时,我似乎终于体会了松尾芭蕉①吟咏"荒海横佐渡"时的伤心之情。不过,那位老爷子向来出人意料的狡猾,说不定他是躺在旅馆里,轻松惬意地咏出了那首短歌,所以对歌中的意境不能轻易相信。夕阳开始西斜。

"你们看过朝阳吧,朝阳果然也有这么大吧?我啊,从没见过朝阳呢。"

"我攀登富士山的时候,看过旭日升空的景象。"一个学生回答。

"那时的风景怎么样?朝阳真的有这么大吗?那会儿眼前的景色也像这样,犹如血在沸腾吗?"

"没有,说不清哪点不同。总之没有这么悲怆。"

"这样啊,看来还是不一样的。朝阳果然伟大,而且新鲜。夕阳呢,给人些许带着腥味的感觉,一种泛着疲倦的鱼的腥味。"

---

① 松尾芭蕉(1644—1694):江户前期著名俳句诗人,代表作为《奥之细道》。

沙丘渐渐暗淡下来，远处可见星星点点散步的人影。可看上去不大像人的身影，而是鸟儿。据说这片沙丘逐年被海水侵蚀，已经往海岸消退许多。眼前的，是正在灭亡的风景。

"这里很好，将是我此生难忘的回忆之一。"我有些矫情地说。

我们告别了大海，向着新潟市区走去。不知不觉间，身后已经跟了十多个学生。新潟的市区有一种新开发地的感觉，然而随处可见老旧的废屋，大约全部拆除会很麻烦，于是被原样搁在那里。看到这些废弃的屋子，我感受到一股不可思议的文化氛围，这里不愧是明治初年繁盛一时的港口。你看，就连我这种迟钝的旅行者都觉察了这一点。拐入巷子后，道路中央淌过一条宽约一间①半的川流。这里的大部分巷子都有这种川流。水流缓慢，慢到令人看不出要流向哪里，倒有些像沟渠。水质浑浊，看起来很不洁净。两岸也必定植有成行的杨柳。树干颇为粗壮，比银座的柳树更有柳树的模样。

"俗话说，水至清则无鱼。"我渐渐开始说些无趣的话，"不过水这么脏，鱼也无法栖息在此处吧。"

"有泥鳅呢。"一个学生答道。

"泥鳅？什么啊，原来是冷笑话吗？"他大约想说"柳树下的

---

① 间：尺贯法长度单位。1间约等于1.8182米。

泥鳅"①这种冷笑话吧，但我不喜欢谐音冷笑话，而且学生小小年纪就开这种玩笑，多少怀着得意扬扬的心态，让我觉得很没出息。

我们来到"意大利轩"。这家餐厅似乎颇有名气。你或许听闻过它，据说是明治初年一位意大利人开设的。二楼的大厅装饰着这位意大利人的巨幅照片。他穿着绣有家纹②的日式和服，外形与日本文化研究家、原葡萄牙海军军官莫拉埃斯有些相像。听说，他是以外国马戏团团员的身份来到日本的，遭到马戏团抛弃后，在新潟发愤图强，开设了这家餐厅，并且大获成功。

我与十五六个学生以及两位老师共进晚餐。气氛渐渐热烈，学生们说话也越发肆无忌惮。

"我原本以为，太宰先生是更加奇特的人，想不到还蛮正常的嘛。"

"我时常告诫自己，要平常地对待生活。那种面色苍白的忧郁，反而显得恶俗。"

"您不觉得自己摆出作家的姿态过日子，是件糟糕的事吗？我想，有的人即便渴望当作家，也会忍耐着脾气，同时埋首于别的工作。"

"刚好相反。应该说，我什么都做不好，才成了作家。"

---

① 柳树下的泥鳅：日本谚语，比喻人不一定总是拥有好运气。
② 家纹：家族专用纹章，始于平安时代中期，纹章即一个家族的标志。

"那么我这种人也有希望了,因为我也什么事都做不好。"

"至今为止,你还没有失败过吧?究竟能不能做好,得亲自去尝试。如果不曾跌倒,从未受伤,就没有资格说这种话。什么都没做,却说自己做不好,只是怠惰罢了。"

晚餐结束后,我同学生们道别:"进入大学后,倘若遇到难过的事,欢迎各位来找我相商。作家或许一无是处,但在那种时候,或许也能派上些许用场。请努力学习。临别之际,我想说的只有这些。各位,请努力学习吧。"

和学生们分别后,我想喝点酒,于是走进一家店铺。那里的女人看到我的打扮,漫不经心地说:"你是教剑道的老师吧?"

"剑道老师"此刻一脸严肃认真,回到旅馆,脱掉日式袴,立刻坐在桌前,提笔写这封信。窗外开始落雨。倘若明天是个好天气,我打算去佐渡岛看一看。之前我一直想去佐渡,这回接受新潟高中的邀请过来,其实私里是想顺便绕去佐渡看看的。演讲不太能够成为一种修行。做一天的"剑道老师"也够我受了。

猫头鹰,在秋日的黄昏,独自笑了。我想这是其角[①]所作的俳句。

写在十一月十六日深夜

(《知性》昭和十六年一月号)

---

① 其角,即宝井其角(1661—1707),江户前期俳句诗人。

关于服饰

有段时间，我对服饰很讲究。那是我在弘前高中念高一的事了。有时，我会穿着条纹和服，系上角带①走去街上，也会穿着这身衣服去女师父那里学习义太夫②。不过，这种狂热的态度只持续了短短一年。后来我就愤然把那种衣服全扔掉了，并且没什么高深的动机。高一的寒假，我到东京游玩，一天夜里，我穿着这种高雅之士的服装，啪的一声撩开关东煮店的暖帘，对卖关东煮的姑娘说："小姐，来一瓶热的可以吗？"说着"热的"时，我装腔作势地模仿着风雅之士的语气，令人作呕。没

---

① 角带：用较硬的面料做成的男式和服的腰带。
② 义太夫：义太夫节的简称，人形净琉璃的一种。人形即木偶，净琉璃是以三味线伴奏的语物(说唱)音乐的一种。太夫担任净琉璃音曲系统的说唱。后由竹本义太夫创设义太夫节，减弱传统的语物性，增强戏剧要素，渐成净琉璃的主流。

过一会儿，我勉强喝起热酒，毫无顾忌却口齿不甚流利地把以前学到的粗俗语汇搬了出来，当我讲到"你在说什么啊"的时候，卖关东煮的姑娘笑颜明媚、状似无心地说："小哥是东北①人吧？"她或许是想讨客人欢心，但我着实觉得没意思。我又不是专门逗人发笑的笨蛋。那天晚上，我愤然扔掉风雅之士的装束，之后便努力穿普通的衣裳。不过，因为我身高五尺六寸五分（虽然有时测量得到的结果是五尺七寸以上，但我觉得那数字不可信），所以即便若无其事地走在路上，也有些引人注目。读大学的时候，我自认为穿着普通，但朋友还是忠告我，说我的橡胶长筒靴怎么看都很奇怪。橡胶长筒靴其实很方便，因为不需要再穿太正规的袜子。无论在里面穿短布袜抑或光着脚，都不用担心被别人识破。我通常光着脚。橡胶长筒靴里面很暖和。出门时也不必像穿一般的系带靴那样，耗费老长时间，蹲在玄关处磨磨蹭蹭地系鞋带，只消把脚毫不费力地伸进去，立刻就能出门。脱掉的时候也很方便，双手插在裤子口袋里，把脚微微抬高，轻轻一踢就脱掉了。无论遇到水洼或泥泞的路面，都可以心平气和地阔步前行。橡胶长筒靴是重要的宝贝，为什么我不能穿着它堂而皇之地走在大街上？然而，一

---

① 东北：指日本行政区划的东北地方，现青森、秋田、山形、宫城、岩手、福岛六县。

位朋友好心地告诉我,"你这种穿法着实奇异,还是放弃比较好",又说,"你在天气晴朗的日子也穿着它,看起来只是标新立异罢了"。

这便是说,他似乎认定我为了显摆时髦才穿着橡胶长筒靴出门。这真是天大的误会。我在读高一的时候,已经发自内心地意识到要成为风雅之士是不可能的,随后在衣食住等方面都偏爱简便平价的物品。不过我的身高、脸,甚至鼻子,确实比别人大些,因此显得特别扎眼,哪怕我真的只是随手戴上鸭舌帽,朋友也会善意地劝我:"哎,怎么戴着鸭舌帽?你还真是想到什么做什么啊,这帽子不大适合你,很怪,还是别戴了吧。"我一时不知如何是好。看来尺寸比别人大上一号的男人,修为也必须比他人大一倍。我明明已经打算躲进人生的角落,谨慎低调地活着,他人却并不认同这一点。我还自暴自弃地思索,干脆像林铣十郎[①]阁下那样蓄上八字胡吧。不过,当想到一个只有胡子特别了不起的大个头男人在只有六铺席[②]、四铺席半甚至三铺席的小小屋子里走来走去,怎么都显得很奇怪,我又不得不打消上述念头。有一回,朋友由衷地感慨道:

[①] 林铣十郎(1876—1943):日本陆军大将,第33任内阁总理大臣。
[②] 铺席:日本用铺席的数量表示房间大小。一铺席的大小是910毫米×1820毫米。根据地域及房屋构建方式的不同,尺寸有所差异。

"倘若萧伯纳①出生在日本,恐怕无法过上作家的生活吧。"听完后,我思考了一番日本现实主义的深度,严肃地回答:"总之,这就是心态的问题哪。"接着又准备陈述两三条看法,朋友不由得笑出声道:"不对,不对,萧伯纳的身高不是有七尺吗?七尺的小说家可没法在日本生存呢。"这话说得坦荡自若。

看吧,我又被朋友巧妙地捉弄了,然而,对朋友这种天真无邪的玩笑,我无法真心实意地感到好笑,反倒觉得冷飕飕的,心想,真是危险啊,要是我再多高一尺,可不正中朋友下怀?

我高一时已早早察觉时尚流行的难以琢磨,后来不再穿看上去自暴自弃、十分凑合的现成衣物。我自认穿着很普通的衣服出门,却常常成为朋友们批评的对象,为此心中日渐生畏,又开始悄悄讲究起穿着打扮。说是讲究,但我每回都无比清晰地意识到自己是多么粗俗的人,因此从来没有产生过想穿那件衣服,或是想用这块古代布料定制一件羽织②之类的风雅欲望,从来都是别人给什么,我就默默穿上。此外,不知为何,我极度吝啬于花钱为自己买上衣、衬衫或木屐。每当要把钱花在这些东西上,恰如字面表达的一般,会心痛得要命。我带着五日

---

① 萧伯纳(1856—1950):爱尔兰现实主义戏剧作家。代表作有《圣女贞德》《华伦夫人的职业》等。

② 羽织:穿在长和服外面的短外罩。

元出去买木屐，却在木屐店前一个劲地纠结犹豫，心里千思万绪，好不容易下定了决心，结果是飞快跑进木屐店隔壁的啤酒屋，一口气把五日元花得分文不剩。

我一直坚信，木屐和衣服不应用自己的钱买。比如直到三四年前，每个季节，我故乡的母亲都会寄来一些衣物和其他用品。我与母亲已十年未见，她可能没意识到，我已成长为一个通情识理、蓄着胡须的大男人，寄来的和服，纹样实在花哨。穿上宽大的碎白花纹单衣，我与最下级的相扑力士没什么区别。另外，穿着那件染满桃花纹样、用作睡袍的浴衣①时，我就如同紧张得上不了舞台、在后台瑟瑟发抖的新派老爷子演员。真是丑得不忍心打量。尽管如此，我依然抱着"别人给什么，我就默默穿上"的原则，哪怕内心很不甘愿，也会大大咧咧地穿着，盘腿坐在屋子中央抽烟。偶尔朋友来访，看到我这副模样，不禁哑然失笑。于是，我通常不安地起身，把那些衣服收进寄存物品用的仓库里。

现在，母亲已不再寄衣服给我，我不得不挪出自己的稿费来买衣服。可是，对于给自己买衣服，我往往极其吝啬，因此三四年间只买过一件夏天穿的白底碎花纹单衣和一件久留米碎

---

① 浴衣：夏季穿的轻便和服，与写作"着物"的正式场合所着和服有所区别。

白花纹单衣。其余的全是从前母亲寄来的衣服，被我好好收在仓库里，必要时拿出来穿一穿。比方说，眼下夏去秋来，而整个盛夏，我穿的也只是一件白底碎花纹单衣，其后天气渐渐转凉，外出时，我会轮流穿久留米碎白花纹单衣和铭仙①碎白花纹单衣。在家总是穿浴衣，外面罩上宽袖棉袍。铭仙碎白花纹单衣是我已故岳父的遗物，穿着它走路时，下摆清清爽爽，令人心情愉悦。诡异的是，每当我穿着这件和服出门去玩，一定会遇着下雨。或许这是已故岳父在训诫我。穿着它，我甚至遭遇过洪水。一回在南伊豆，另一回在富士吉田，总之两次都不幸遭遇了大水灾，心里多少觉得苦闷。南伊豆那回是七月上旬，我住宿的温泉旅馆遭到浊流的吞噬，只差一点就被整个儿冲走。富士吉田那回则是在八月末的火祭。当地的朋友邀请我去玩，我推说天气太热，等转凉再去，结果他又来信说，吉田的火祭一年只举行一次，而且这会儿吉田已经很凉爽，下个月会变得寒冷无比。看得出朋友生了气，我赶紧收拾行装前往吉田。出发时，妻子不吉利地说："穿上这件和服，又会遇到洪水吧。"这让我内心有种不祥的预感。到达八王子附近时，天气还很晴朗，但在大月换乘前往富士吉田的电车后，开始下起暴雨。我在电车里动弹不得，周围挤满男男女女的乘客，都是

---

① 铭仙：平纹的绢绸，多产于足利、秩父、八王子等日本关东地区。

些原本打算登山或观光的人。每个人不停抱怨突如其来的暴雨,说"啊,雨下得太大,可真伤脑筋"。穿着已故岳父的"雨衣"的我,觉得这场暴雨的始作俑者就是自己,内心充满莫名的负罪感,甚至愧疚得抬不起头来。

到达吉田,雨势越发猛烈,我和来车站接我的朋友慌忙飞奔进附近的料亭[①]。朋友对我在这种天气里到来表示同情,但我知道,暴雨的起因在于我穿着铭仙的和服,反倒对朋友很是过意不去。可由于罪孽深重,我没有勇气据实相告,看来火祭也会因为暴雨而取消吧。据说每年富士山封山这日,为了答谢富士山守护神木花咲耶公主,家家户户会在门口堆起丈余高的木柴,点上火,比赛谁家的火焰燃得最旺。我从未见识过这番场景,心想今年应该看得到,眼下却因暴雨付之东流。我们只能在料亭里一个劲地喝酒,等待雨停。到了夜里,甚至起了风。女侍将遮雨窗推开一道缝隙,喃喃地说:"啊,天边泛着模糊的红光。"

我们旋即站起身,往外一看,南边的天空果然隐隐泛着红光。在猛烈的暴风雨中,不知是谁用心良苦,为了报答木花咲耶公主,想着至少得尽一点心意,于是为她燃起火焰。我内心感到十分孤寂。追根究底,这场可憎的暴风雨是由我身上的

[①] 料亭:价格高昂、地点隐秘的日式料理店。

"雨衣"引发的。倘若此刻我对女侍坦言,都怪你面前这个"雨男",选在错误的时间,恬不知耻地从东京跑来,把一场让吉田男女老少掰着指头数日子盼来的火祭搅得乱七八糟,大概会立刻被吉田居民塞进布袋里殴打一顿吧。因此,我昧着良心,没有把自己的"罪过"告诉朋友和女侍。夜深了,雨终于变小后,我们走出料亭,入住位于池塘边的一家大旅馆。第二日清晨,天空倏然放晴,我和朋友道别,想搭巴士翻过御坂岭前往甲府。巴士驶过河口湖约二十分钟后开始爬坡,接着便进入可怕的山崩路段。十五名乘客纷纷下车,挽起和服下摆夹在背后的腰带上,三三两两结伴爬山,决心徒步翻越这座山头。后来,我们走了很长一段时间,始终不见甲府方面过来的巴士接应,只好放弃前行又折回去,白费一番力气地搭上原本的巴士,回到吉田町。这一切都是我的"魔鬼铭仙"造成的。下一次,倘若听到哪里在闹旱灾,我一定要穿着这件和服去当地,漫无目的地到处乱走,说不定天空就会降下滂沱大雨。如此看来,一无是处的我,或许能在意想不到的地方有所贡献。

在我的单衣中,除了这件"雨衣",还有一件久留米碎白花纹单衣。这是我第一次用稿费买的和服,因而非常珍惜,只有需要赶赴最重要的约会时,我才穿着它。我自认为这件衣服是一流的盛装,别人却对它兴趣缺缺。穿着这件和服出门时,我谈事情也不太顺利,大都遭到对方的轻视。或许在他人眼里,这只是再普通不过的衣裳。而我在回家路上，一定会不甘心地怒斥"可恶"，也一定会想起葛西善藏[①]，于是加深了绝不丢弃这件和服的执念。

从单衣换到袷衣[②]的过程比较麻烦。九月末至十月初，大约有十天，我总是被不为人知的忧愁笼罩。我有两件袷衣，一件是久留米碎白花纹的，另一件是用什么绢绸做成的，总之两件都是从前母亲寄给我的，花色细致素朴，所以我没有将它们寄放在街上的仓库中。如果只穿绢绸和服而不在下面套日式袴，并且还要踩上毛毡草屐，拄着手杖走路，依照我的性子，是怎么也做不到的，因此我对这件绢绸和服敬而远之。这一两年间，我只有在陪朋友相亲，或是正月里回妻子的甲府娘家时穿过两次。当然我没有穿毛毡草屐并且拄手杖。我搭配了日式袴，还有一双用整块木头制成的簇新低齿木屐。我厌恶毛毡草屐，并非为炫耀自己的粗犷不羁。毛毡草屐看上去很优雅，而且穿着去剧院、图书馆或走进其他什么大楼时，无须像木屐那般，得麻烦地脱下来交给保管鞋子的工作人员。事实上，我穿过一次毛毡草屐，可脚底踩着滑溜溜的草屐，内心十分焦躁不安，疲劳度是穿木屐时的五倍。那一次后我便对它敬谢不敏。

[①] 葛西善藏（1887—1928）：日本小说家。因抛弃妻子遭到世间批判，其作品充满对世间批判的驳斥。

[②] 袷衣：里层有衬布的和服，多在初夏、初秋穿着。

手杖也是同一个道理。拄着手杖走路，看起来颇像彬彬有礼的学者，感觉似乎不坏，但我个头比一般人高些，不管什么手杖对我来说都太短，倘若非要拄在地面走路，我必须弯下腰才行。这样拄着手杖弯腰走路，看起来很像去扫墓的老婆婆吧。五六年前，我发现了一种细长的登山杖，于是拄着它走去街上，果然又被朋友愤然指责品位恶俗，我慌忙将登山杖收了起来。我又不是为了品位才拄登山杖的，实在是由于一般的手杖太短，无法尽情拄着走，反而令人心浮气躁。这种结实耐用又细长的登山杖，就我的身体构造来看是必要的。也有人告诉我，手杖并非用来拄着走路，而是需要持在手中，可我最讨厌拿着东西走路。外出旅行时，我尽量双手空空地搭乘列车，为此着实费了不少心思。不止旅行，人之一生，倘若拎着太多行李赶路，无疑会成为心情阴郁的源头。行李总是越少越好。出生三十二年来，我肩上的担子亦逐渐增多，何必连散步时都带着累赘呢。外出时，即便看上去不雅观，我也尽量把东西一股脑地塞进怀里，可手杖就塞不进去了，只能扛在肩上，或是挽在手臂上一路带着走。真的十分麻烦。况且，路上的狗大约会误以为这是武器，对我狂吠不已，的确一点益处都没有。

总之，穿着绢䌷和服却不穿日式袴，并且搭配毛毡草履，拄手杖，外加白布短袜，这种装束无论如何我都穿不出来。或许是生来上不了台面吧。顺便一说，离开学校七八年了，我从未穿过西装。我不是讨厌它们，不，岂止是不讨厌，我甚至很憧憬这种衣服，觉得穿在身上既便利又轻快。可我没有一件西装，所以也没得穿。故乡的母亲不会寄西装过来。况且我身高五尺六寸五分，店里现成的西装是穿不下的，而定制的话，需要连同鞋子、衬衫及其他必要的配饰一起购买，至少破费一百日元以上。我对衣食住等方面是很吝啬的，要我花一百多日元去定制成套西装，不如让我从断崖投身怒涛来得爽快。

有一次，我需要出席N氏的新书发布会。那时，除了身上穿的宽袖棉袍，我没有一件体面正规的和服，为此向友人Y君借了成套的西装、衬衫、领带、鞋子、袜子等，而后通通穿在身上，卑屈地笑着出席发布会。那一天，我照例收获了别人的恶评，有人说"你居然穿西装，真是罕见哪。可你穿着不大好看，这不适合你"，或者说"怎么又来标新立异了"，对我冷嘲热讽一番。最后连借给我西装的Y君，都在会场角落里小声地冲我抱怨："拜你所赐，连我的西装也跟着遭到恶评。从今以后，我也不想再穿这套西装出门了。"

只不过穿了一次西装，就遭遇如此下场，而下次再穿，不知是什么时候，想必遥遥无期了吧？这让我更加不愿花一百多日元去定制西装。眼下，我暂时只能穿家里现成的和服，除此之外，别无选择。前文提过，家里有两件袷衣，绢绸的那件我不太喜欢，最喜欢的是久留米碎白花纹的。我穿粗俗的书生风格的和服最觉轻松。我希望这一生都能穿着书生风格的和服。每逢参加聚会,我会在前夜把这件和服叠好,铺在被褥下睡觉。就像入学考试的前一晚,心中涌现隐约的雀跃。这件和服对我而言像杀敌的盛装,穿着可以一决胜负。每到深秋,能理所当然地穿上它外出,我就会松一口气。即是说,从单衣换到袷衣的过渡期,我没有合身的衣服穿着出门。过渡期常常让我这种无力者张皇失措。夏秋之交,我的困惑尤其深刻。穿袷衣还太早,我很想快点换上那件久留米碎白花纹的袷衣,可白天穿着它会热得受不了。坚持穿单衣的话,又显得太寒酸。反正我本来就寒酸,或许非常适合弯着背脊、打着哆嗦走在瑟瑟秋风中。如此一来,人们可能又会指责我,说我示穷、扮乞丐吓人、刻意赌气之类。毕竟像寒山与拾得[①]两位僧人那样,以异于常人的装扮扰乱他人的视线,借以压制对方,并不是什么好事,因此我想尽量穿些款式普通的衣服。

简单来说,我没有哔叽布料的和服。我很想要一件质量好些的哔叽布料和服。不,其实我也有过一件,那是我在高中爱时髦的时期偷偷买回家的,衣服上纵横交错着淡红色的条纹。在我从追逐时髦的迷梦中醒来后,觉得它明显是妇人的衣服,着

---

① 寒山与拾得:中国唐代天台山国清寺隐僧寒山、拾得,行迹怪诞,相传是文殊菩萨与普贤菩萨的化身。

实不像男人穿的。那段时间，我一定是热血上涌昏了头，才会把这种毫无意义、花里胡哨、几乎无法形容的衣服穿在身上，扭扭捏捏地走去大街。回想起来，我也只能掩面呻吟。那件衣服我完全不敢再穿，连看一眼都厌恶。我把那件和服长久地寄放在仓库里。话说去年秋天，我稍稍整理了一下仓库里的衣服、毛毯和书籍，准备把不需要的东西卖掉，尚且有用的都带回家。到家后，我当着妻子的面，展开大包袱皮儿，整个人心绪不宁，不觉满脸通红。因为婚前我的种种不修边幅、荒唐懒散，如实暴露在了妻子眼前。肮脏的浴衣被原样塞在仓库里；屁股破洞的宽袖棉袍，也被直接揉成一团塞在仓库里。简直没有一件像样的物品，净是些肮脏发霉而且奇异花哨的东西，怎么看都不像正常人应该有的。我一边解开包袱皮儿，一边自嘲地说："我可是颓废派。不如把它们卖给收破烂的吧。"

"太可惜了。"妻子也不嫌脏，一件一件翻检着，"这件是纯毛的，拿来改一改吧。"

我定睛一看，是那件哔叽布料和服。我狼狈不已，想立刻飞奔出家门。我记得这件和服确实被放在仓库的，眼下怎么会在包袱皮儿中？至今我仍搞不清楚缘由。可能是我当时拿错了吧。真是失败。

"这是我非常年轻的时候穿过的。看着花哨吧。"我压抑着内心的狼狈，若无其事地说。

妻子答道："这件还能穿。反正你一件哔叽布料和服都没有，这件刚刚好。"

其实哪里还能穿。它被不闻不问地扔在仓库里十年，颜色变成很奇怪的羊羹色。原本淡红色的纵横交错的条纹也已成为浑浊古旧的青柿色，活像老太婆的和服。如今我简直没法忍受这件诡异的衣服，不由得别过头去。

今年秋天，我有一份稿子必须在这日完成。很早我就从床上蹦起来，发现枕边整齐地叠着一件从没见过的和服。原来是那件哔叽布料和服。眼下即将进入深秋。妻子将它清洗过，并且重新缝制一番，让它稍微好看了些，可惜布料本身的羊羹色与条纹的青柿色依然很难看。然而这天清晨我一心记挂着工作，没空去理会衣服的事，二话不说穿在了身上，没吃早饭便开始赶稿。过了中午，我终于写完，刚松了口气，一位久未碰面的朋友突然造访。他来得恰是时候。我和朋友吃过午饭，闲话几句家常，然后出门散步。走到我家附近的井之头公园的树林里时，我终于察觉自己惨不忍睹的模样。

"啊啊，糟了。"我不由得呻吟出声，停下脚步，"这可实在不妙。"

"怎么了？是不是吃坏了肚子——"朋友担忧地蹙着眉，直直地凝视着我。

"不，不是。"我苦笑，"这件衣服很奇怪吧？"

"是有一点，"朋友认真地说，"看起来有些花哨。"

"这是我十年前买的。"我举步前行，"很像女式服装，加上颜色也奇怪，所以更——"我心中沮丧，连散步的兴致都没了。

"没关系，其实没那么打眼。"

"是吗？"我稍稍振作了精神，穿过树林，步下石阶，走到水池边。

可我依旧在意。今年我已三十二岁，是个满脸胡子的大男人，自认多少吃过些苦头，经历了些许人情世故，却穿着这种品位恶俗的搞怪衣服，踩着磨损的木屐，无所事事地在公园里慢吞吞地游荡。不认识我的人，会以为我是不爱整洁的懒汉；而认识我的人，大约会更加轻视我，说那家伙还是十分惹人厌，明明劝过他别穿得那么离谱。长年以来，我始终被误解为一个怪人。

"怎么样？要不要去新宿那边走走？"朋友提议道。

"别开玩笑了。"我摇摇头，"要是穿成这副样子走在新宿街头，万一被熟人看到，我的风评只会更差了。"

"不至于这么严重吧。"

"不，我不去。"我顽固地回绝道，"不如去那边的茶店休息一下吧。"

"可是我想喝酒呢。喂，去市中心吧。"

"那里的茶店里也有啤酒。"我可不想去市中心。原因之一是眼下穿着这件衣服,还有,我总觉得今天写完的小说不太理想,心中焦躁。

"茶店就别去了吧,那儿太冷,我可受不了。我想找个可以心平气和地喝酒的地方。"关于这位朋友的遭遇,其实我也听说了,他最近遇上很多不愉快的事。

"那去阿佐谷看看如何?新宿我实在没兴趣。"

"那里有好的酒馆吗?"

其实也未见得是多好的酒馆,只是之前我常常光顾,即便穿得阴阳怪气,大家也对此见惯不惊;哪怕身上的钱不够,也可以赊账,下次再付。况且,那里没有女侍,单纯卖酒,我也无须在意自己的穿着打扮。

傍晚,我和朋友在阿佐谷车站下车,一道走在阿佐谷的街市上。我只觉心里难受得不行。我这一身寒山与拾得的装束,恰好映在商店玻璃橱窗上。我的衣服看起来很是红艳,令我想起穿着大红衬袄过八十八岁寿辰的老翁。如今世道艰难,我无法积极地帮忙做一些实事,在文坛上没有任何名气,只是十年如一日地穿着磨损的木屐,徘徊在阿佐谷的街头。偏偏今天又穿着一身红色的衣裳。或许我将永远是个失败者。

"无论长到多少岁,大概结局都一样吧。虽然我自认为已经很努力了。"走着走着,我不由得抱怨起来,"文学就是这么回事吗?看来我是没希望了,穿成这样竟然还在外面走。"

"服装呢,果然得正经端肃一点吧。"朋友安慰我道,"在公司里,我也吃过不少这方面的亏呢。"

他在深川的一家公司工作,也是本性不愿把钱花在服装上的人。

"不,不只是服装,我说的是更为根本的精神方面的东西。尽管接受过不好的教育,不过魏尔伦①还是很棒啊。"魏尔伦和红色衣服究竟有什么关联?我答不上来,深感话题的唐突,无比难为情。每当我感慨身世零落,意识到自己是个失败者时,一定会想起魏尔伦哭丧的脸,从而得到救赎。我会想要活下去。那个人的软弱,反而给予我活下去的希望。我顽固地相信,若非来自懦弱极致的内省,真正崇高严肃的光明是无法被看见的。总之,我想尝试继续活下去,也就是说,凭借最高的自尊与最低的生活水准,尝试着活下去。

"搬出魏尔伦很小题大做吧?毕竟我穿着这件衣服,说什么都无法得到救赎。"我觉得心里很不痛快。

"不会。"朋友只是轻轻地笑着。

街灯亮起。

---

① 魏尔伦,即保罗·魏尔伦(1844—1896),法国象征主义派别诗人。与妻子分居后,沦落为酒鬼,过上波西米亚式的生活。

这一晚，我在酒馆里犯了大错。我打了这位好心的朋友。都怪这件衣服。这阵子，我凡事尽量忍耐，微笑以对，努力修身养性，绝不动粗，但这天晚上我动手打了人。我相信，这一切是红色和服的错。衣服对人心造成的影响是很可怕的。这晚，我心情极其卑屈地喝着酒，闷闷不乐，难以开怀，连对酒馆的老板也卑微客套，只是坐在角落的阴暗处喝酒。我这位朋友不晓得怎么回事，情绪特别高涨，把古今东西的艺术家从头到尾臭骂了一顿，骂到兴头上时，竟然去挑衅老板。我晓得这位老板的厉害之处。有一回在店里，一个素未谋面的青年也像我这个朋友一样发酒疯，对别的客人出言不逊。老板仿佛忽然变了一个人，肃然地下达逐客令："你不知道现在几点吗？请你出去。往后不要再来。"

我觉得老板是个可怕的人。而我的朋友，此刻正在发酒疯挑衅他，我看得心惊肉跳，或许接下来，我俩也会尝到被逐出酒馆的耻辱滋味吧。换作平时，我一点也不会在意这种被驱逐的耻辱感，必定气焰嚣张地和朋友一块儿叫喊，但在这晚，身上奇妙的衣服让我变得很懦弱，始终看老板脸色行事。我小声地责怪朋友"别这样说，别这样说"，他的言辞却越发尖锐，眼看情势已到被下逐客令的边缘，我急中生智，想起在安宅之关时，弁庆①为救主君源义经②，运用苦肉计责打源义经的故事。于是，我下定决心，用不让朋友感觉疼痛的力道，尽量大声地啪啪扇了他两巴掌。

"喂，你清醒点！你平常不是这样的。今晚在搞什么呢？振作点啊你！"我故意说得很大声，以便老板也能听到，这样我俩应该不会被赶出去了。正当我松了一口气时，"义经"却拆台地站起来，对"弁庆"大声嚷道："你竟然打我！这下子，我也要对不住你了！"

再也没有比眼下更拙劣的一出戏了。体弱的"弁庆"狼狈起身，左躲右闪之际，忧心已久的厄运最终降临。老板直接来到我这边，对我下逐客令："请出去。你这样会给其他客人造成困扰。"

仔细想想，刚才动手的人是我。弁庆的苦肉计，旁人当然不会明白。客观来讲，这场骚乱的罪魁祸首就是我。于是，发着酒疯大声叫唤的朋友依然留在店里，而我被老板撵了出去。我心中越发气恼。都是这身衣服害的。倘若我穿得像样一些，老板对我的人格品行多少会认同，我大约也不必遭受被赶出酒馆

---

① 弁庆，即武藏坊弁庆（1155—1189），平安时代末期僧兵，源义经家臣，日本传统武士道精神的代表人物之一。

② 源义经（1159—1189）：平安时代末期名将，一生富有传奇与悲剧色彩。

的耻辱了。那晚,穿着红色衣裳的"弁庆",弯着背脊在深夜的阿佐谷街头无精打采地行走。

如今我很想拥有一件上好的哔叽布料和服,想拥有一件可以漫不经心地穿着走去街上的衣裳。然而,我对于购置衣物着实吝啬,从今往后,大约仍会因为穿着打扮吃各种苦头吧。

课题:国民服饰如何。

(《文艺春秋》昭和十六年二月号)

香鱼千金

佐野是我的朋友。虽说我比佐野大十一岁，可我们依然成了朋友。佐野如今就读于东京某大学的文科部，成绩不太好，兴许会留级。"你也稍稍用功念念书吧。"我曾这样含糊其词地忠告他，当时佐野双手交叉于胸前，低着头，轻声自语道："既然如此，除了当小说家，真是别无他法了。"我听罢苦笑。他好像一厢情愿地认为，只有讨厌做学问、脑袋不大灵光的人才会去做小说家。这个姑且不提，最近佐野似乎终于正经起来，坚信除了做小说家，自己别无出路。又或许是他确定自己必然会留级，因此那句"既然如此，除了当小说家，真是别无他法了"已不再是玩笑话，而是他下定决心的宣言，所以这段时间，佐野的日子过得很是悠闲。他才二十二岁，我见他正襟端坐于本乡的出租屋内，对着围棋盘独自弈棋，恍然自他身上感到某种云端白鹤般的野趣。有时，他也穿着西装外出旅行，包里放着稿纸、笔、墨水，还有《恶之花》《圣经·新约》《战争与和平》（第一卷），以及其他一些东西。他会在温泉旅馆的房间里，背靠壁龛的柱子，泰然自若地坐着，将稿纸铺在桌上，神情忧郁地吐着烟圈，望着它飘去的方向，然后挠一挠长发，轻轻咳一咳，俨然一派文人墨客之姿。不过，对于这种毫无意义的故作姿态，他立刻就觉得没什么劲，便起身出门散步。他有时也会向旅馆借钓鱼竿，跑去溪边钓山女鱼，可一条也没钓着。事实上，他也不是那么喜欢钓鱼，嫌换鱼饵太费事，因此，大多数时候他会用蚊钩①钓鱼。他在东京买了几种上好的蚊钩，放在钱包里带去旅行目的地。明明没那么喜欢钓鱼，为什么特地买来蚊钩还揣在身上去旅行，非钓不可呢？其实也没有什么特别的缘由，他只是——只是想纯粹体验一番隐士的心境罢了。

今年六月，香鱼解禁②那日，佐野又把稿纸、笔、《战争与和平》放进包里，在钱包中悄悄塞了几种蚊钩，前往伊豆的某座温泉乡。

过了四五日，他买了许多香鱼返回东京。听说在伊豆时，他钓了两条柳叶般大小的香鱼，得意扬扬地带回旅馆，不料却被

---

① 蚊钩：用羽毛做成的蚊形鱼钩。

② 为保护香鱼幼苗生长，日本每年规定有禁止捕捞香鱼的时期。解禁日一般在初夏时节。

旅馆的人大肆嘲笑了一番，让他颇有些茫然失措。尽管如此，他还是请旅馆的厨师将两条香鱼用油炸了，当作晚餐。吃饭时，只见大大的盘子里躺着两条小指头般的香鱼"碎片"，他不由得恼羞成怒。回到东京后，他以上好的香鱼为纪念品，将之送来我家。他向我坦言，这是他在伊豆的鲜鱼铺买的，说得十分厚颜无耻："虽然有人能够轻松钓到这么大的香鱼，但我没有钓哦。倘若才钓这么点大的香鱼，多丢脸啊。我告诉店家理由后，店家就送了我两条香鱼。"他的坦言就是如此奇妙。

说起来，这趟旅行还有另一件奇妙的纪念品。他说，他想结婚。因为他在伊豆发现了一个好姑娘。

"这样啊。"我一点也不想听他的详细解说。我不大喜欢听别人的恋爱故事。因为恋爱故事里，必定有所粉饰。

我兴致缺缺地含糊附和着，但佐野对此毫不在意，兀自滔滔不绝地讲述着他遇到的那位好姑娘，模样看起来不像撒谎，语气颇为坦率，所以我也心平气和地听到了最后。

他出发去伊豆那天，是五月三十一日夜里。当晚，他在旅馆喝了一瓶啤酒，然后就寝，第二日清早，他请工作人员叫醒他，扛着钓竿悠然地步出旅馆。虽然有些睡眼惺忪，但他还是摆出风雅之士的做派，踩着夏草向河原走去。草叶上露水冰凉，令人神清气爽。他爬上河堤，只见松叶牡丹花开正好，又有姬百合与之斗艳。他不经意地往前方一瞧，发现一位穿着绿色睡衣的千金小姐正露出一双白皙修长的腿,裙裾卷到膝盖之上,赤足踩着青草,看起来清纯又美好。她离佐野不到十米。

"喂!"佐野心无邪念,不由得欢声唤她,而且清楚明白地指着她剔透柔嫩的双腿。小姐神情并不显得惊讶,只是微微一笑,放下了裙裾。或许这是她的日课,她每日在此做例行的晨间散步。佐野对自己伸出右手的举动感到难为情,并且有些后悔,对于初次见面的小姐,自己竟然指着她的双腿,实在太过失礼。"这样可不行啊——"佐野用责怪的语气喃喃说着这句意味不明的话,接着猛地路过小姐身旁,头也不回地快步离去,却不留神跌了一跤,这次改为缓慢步行。

佐野来到河原,坐在一棵树干粗得几乎无法用双手环抱的柳树树荫里垂钓。问题并不在于这儿钓不钓得到鱼,只要是个安安静静的地方,没有别的钓鱼之人就好。露伴①老师曾有教诲,钓鱼的妙趣不在收获是否丰盛,而在一边静静垂着钓竿,一边欣赏四季的风物。佐野也十分赞同此一说法,而且他原本是为了磨炼文人雅士之魂才开始钓鱼的,所以钓不钓得到便越发不成问题。他只是静静地垂着钓竿,专心眺望季节的风物。水流轻声密语般潺潺地淌着,香鱼轻快地游过来啃啄蚊钩,旋即转

---

① 露伴,即幸田露伴(1867—1947),日本小说家,本名为幸田成行,代表作有《露珠圆圆》《五重塔》《芭蕉七部集评释》等。

身逃开。佐野不由得感叹,逃得还真快。对岸开着绣球花,竹丛间艳红绽放的似乎是夹竹桃。不知不觉间,佐野有些犯困。

"能钓到吗?"耳边忽然响起女人的声音。

佐野懒洋洋地回过头,竟是方才那位小姐。她穿着款式简洁的白色衣裳站在他面前,肩上扛着钓竿。

"不,根本钓不到。"佐野的语气有些奇妙。

"是吗?"小姐笑了。她看上去不满二十岁,齿如编贝,眉眼弯弯,脖颈白皙丰盈,宛如即将融化,十分可爱。她的一切都很美好。

她从肩上放下钓竿,说:"今天是解禁日,连小孩都钓得到呢。"

"钓不到也没关系。"

佐野将钓竿轻轻放在河原的青草地上,开始抽烟。他不是好色的青年,反倒有些糊里糊涂。此时,他一脸坦然,似乎已不把眼前的千金小姐当回事,只是悠闲地吐着烟圈,眺望季节的风物。

"这个借我看一看。"小姐拿起佐野的钓竿,把钓丝拉过来,盯着上面的蚊钩道,"这个不行。这种蚊钩是用来钓桃花鱼的吧?"

佐野不觉羞愧,干脆仰躺在河原上:"效果是一样的。我用这种蚊钩也能钓到一两条呢。"他撒了谎。

"给你一个我的钓钩吧。"小姐蹲在佐野身边,从胸前口袋里掏出一个小小的纸包,开始换蚊钩。佐野依然仰躺在那里,眺望着云朵。

"这个蚊钩啊,"小姐一边将金色的小蚊钩系在佐野的钓竿上,一边喃喃地说,"这蚊钩有个名字,叫作阿染。好的蚊钩都有名字的。这个叫阿染,很可爱吧?"

"这样啊,谢谢。"佐野不解风情,一味在心里嘀咕着:没事叫什么阿染啊,谁要你多管闲事了?住手吧,最好快点到对岸去。你这种心血来潮的好意,只会给我添麻烦。

"好,弄好了。接下来你就能钓到了。这里很容易钓到鱼的,我一般坐在那块岩石上钓哦。"

"小姐,"佐野起身道,"你是东京人吗?"

"欸?怎么这么问?"

"没什么,只是——"佐野有些狼狈,涨红了脸。

"我是本地人呢。"小姐的脸也有些泛红。她低着头,咪咪笑着,走去岩石的另一边。

佐野拿起钓竿,再度静静地垂钓,眺望季节的风物。忽然,对面传来扑通一声巨大的响动。那确然是扑通一声。佐野一看,原来是那位小姐从岩石上掉到了河里。水没过她的胸口,她紧紧握着钓竿,一边嘟囔着"啊呀啊呀",一边爬上岸,活像一只湿淋淋的小白鼠。白色的洋装贴着她的双腿。

佐野笑了，笑得着实开怀，甚至带着幸灾乐祸的小心思，没有丝毫同情。忽然他止住了笑，指着小姐的胸部尖叫道："血！"

清早他指着人家的腿，而现在又指着人家的胸。小姐那身款式简洁的白色洋装的胸部位置，似乎正渗出血来，染出一朵鲜妍的蔷薇花。

小姐低下头，快速扫了一眼自己的胸口，平静无波地说："这是桑葚。我把桑葚放在胸前的口袋里了，原本想过会儿吃的，这下没得吃了。"

可能是方才从岩石上滑落时压碎了桑葚。佐野再度觉得无比羞愧。

小姐留下一句"别看了"，随即离开，身影消失在河岸的山吹花丛中。自那以后，第二日、第三日，她都没有再出现在河原。唯独佐野，仍旧悠闲自在地坐在柳树下垂钓，心情愉悦地眺望季节的风物。他似乎没想着再见那位小姐。佐野不是好色的青年，他甚至过于糊涂。

接连眺望了三日季节的风物，他钓到了两条香鱼。这一定是名为"阿染"的蚊钩的功劳。钓上来的香鱼只有柳叶般大小，他请旅馆的厨师炸给他吃，却似乎有些闷闷不乐。第四日，他打算返回东京。他说那日清早，自己去买香鱼做纪念品，走出旅馆时，不期然遇到了那位小姐。小姐穿着黄色的绢丝洋装，踩着脚踏车。

"啊,早上好。"佐野心无邪念,大声跟她打招呼。

小姐只轻轻点了点头便离开了,不知为何,神情有些严肃。脚踏车后座上放着菖蒲花束,白色与紫色的花朵在枝头摇曳生姿。

临近中午,他办好退房手续,右手拎着包,左手挽着塞满冰块的香鱼箱子,从旅馆走去巴士站。这是一条约莫五百多米的尘土飞扬的田间小道。他不时停下脚步,放下行李包擦汗,接着叹一口气,继续往前走。走了三百多米时,背后传来一道声音:"你要回去了吗?"

佐野回过头,那位小姐笑嘻嘻的脸孔映入眼帘。她手上拿着一面小小的国旗,黄色的绢丝洋装显得高雅别致,别在发间的波斯菊发饰颇有品位。

但她正同一位乡下老爷子一块儿。老爷子身穿木棉质地的条纹和服,身材矮小,模样很是实诚。他的右手拿着刚才佐野见过的菖蒲花束,指节粗大而黝黑。佐野见状暗自想着,原来她大清早骑着脚踏车跑来跑去,是为了送花给老爷子。

"怎么样?钓到鱼了吗?"小姐语调揶揄地问。

"没有。"佐野苦笑,"因为你掉进河里,香鱼似乎被吓跑了。"就佐野的性格而言,这样的回应已算巧妙。

"大概是水被搅浑了吧?"小姐敛起笑,低声自语道。

老爷子几不可见地一笑，往前走去。

"你为什么拿着国旗？"佐野试着转移话题。

"因为出征了哦。"

"谁出征？"

"我的侄儿。"老爷子回答，"他昨天出发的。我喝多了酒，所以在这儿宿了一夜。"佐野觉得老爷子的表情有些刺眼。

"那么，恭喜您了。"佐野说得漫不经心。战争刚刚开始那会儿，不知为何，佐野很难说出这种话，然而现在，他已能口齿流利地说出来。大约由于他的心境已渐渐与此前一致了吧。①

---

① 本书收录的太宰治小说，多在第二次世界大战期间创作。战时，受天皇及其他军国主义分子煽动，日本部分民众对战争抱有高昂热情，"爱国"情绪高涨，不同程度上支持日本的侵略行为，却对日本军国主义给中国造成的毁灭性摧残知之甚少。事实上，日本发动的侵略战争，不仅给世界其他国家带去灾难，也给日本国内民众带来巨大伤害——不仅导致无数平民痛失亲人，流离失所，罹患战后创伤综合征，也让社会生产生活设施遭受严重破坏，日本社会经济断崖式下滑，这些残酷的现实从本书及同时代其他作家小说中能窥见一二。随着战况发展和日本民间反战声音的加入，绝大多数日本民众逐渐趋于冷静，最终看清这场战争的侵略性质与真实面目。战后，麦克阿瑟以美国占领当局的名义向日本提出修改宪法三原则，由此，日本虽然仍旧保留天皇制，但天皇权力已经受到宪法限制。太宰治本人受时代、地域、个人认知的局限，一方面在战时感到不安、恐惧、悲观，另一方面也在战后的《斜阳》《潘多拉之匣》《人间失格》等作品中，如实描绘战争给民众带来的创伤（他自己也未幸免于难），辛辣讥讽推卸责任、蛊惑人心的政客，表达了作家对社会现状以及政府行为的批判态度，具有反战意味。

"因为他很疼爱自己的侄儿，"小姐沉着机敏地解释道，"所以昨晚很难过，就留下来过夜了。这不是坏事。我也想给老爷爷打气，今天一早特地买了花送给他，又带上这面国旗为他送行。"

"你家是开旅馆的吗？"佐野问道。他依旧对一切一无所知。

小姐和老爷子听罢笑了起来。

来到车站后，佐野和老爷子上了巴士。

小姐在窗外轻轻挥着国旗道："老爷爷，可不能沮丧呀，无论是谁，都要去的。"

巴士开动。不知为何，佐野忽然想哭。

真是好人，那位小姐真是个好心肠的姑娘，我想同她结婚。佐野一脸肃然地跟我说。我无言以对，已然明白这究竟怎么回事。

"你还真傻啊。你怎么就这么傻呢！那位小姐不是什么旅馆的千金大小姐。你想想吧，她在六月一日清早大摇大摆地出来散步、钓鱼、玩乐，其他日子却不能玩。后来你很少再见到她，不是吗？这也难怪，她每个月只能休息一天。明白了吧？"

"是吗，难道她是咖啡馆的女侍？"

"如果真是这样就好了，可惜似乎不是。面对你的时候，老爷子不是一脸难为情吗？他是为了过夜的事感到难为情吧？"

"啊！是这样啊！搞什么啊！"佐野握紧拳头，重重地捶在桌上。他似乎更加坚信，事已至此，除了当一名小说家，自己已别无出路。

千金小姐。我觉得，比起好人家出身的千金小姐，那位香鱼小姐要名副其实得多，她才是真正的千金小姐。唉，或许我果真也是个俗人，假使我的朋友要与身处此种境遇的姑娘结婚，我必定不容分说地坚决反对。

（《新女苑》昭和十六年六月号）

谁

> 耶稣和门徒出去,往凯撒利亚腓立比的村庄去。在路上问门徒说:"人说我是谁?"他们说:"有人说是施洗的约翰,有人说是以利亚,又有人说是先知里的一位。"又问他们说:"你们说我是谁?"彼得回答说:"你是基督。"
>
> ——《马可福音》第八章第二十七节①

真的,太危险了。耶稣感到苦恼,最终迷失了自己,不安之余,向无知的文盲门徒问出"我是谁"这种奇异的问题。他试图凭借无知文盲门徒的回答去定义自身。然而,彼得确信不疑。他愚笨而坦率地相信耶稣是神之子,因此,他能够心平气

---

① 此译文引用自《圣经》中文和合本。

和地给出答案。而耶稣也借助门徒的回答，更加深切地体认了自身的宿命。

在二十世纪的蠢笨作家身上，有着与之相类的回忆，可是得出的结论迥然不同。

某个秋天的夜晚，这位作家与学生们前往井之头公园，在路上问学生："人说我是谁？"学生回答："是假冒者，也有人说是骗子，还有人说是轻佻之人，还有人说是醉酒后撒狂者里的一位。"作家又问："你们说我是谁？"一位留级生回答："你是撒旦，是恶魔之子。"

我同学生道别后回了家，心中愤愤不平，学生们分明言过其实，可我无法全盘否认那个留级生的令人畏惧的措辞。那段时期，我彻底迷失了自己，不知道如何定义自己，一切都不甚明了。倘若工作赚了钱，我就拿去玩乐。钱花完了又开始工作，一旦有点小钱，又开始玩，如此循环往复。有天晚上，不经意间思考起这桩事，我有些不寒而栗。我究竟将自己看作什么？这根本不是正常人过的日子。我甚至没有家庭。位于三鹰的这栋小小房子，不过是我工作的场所。我打算暂时蛰居在此，只要完成一项工作，就匆匆离开三鹰。我要逃出去，要踏上旅途。可即便是去旅行，我的家也不存在于任何一个地方。即便四处游荡，心里也总记挂着三鹰。然后一回到三鹰，又立即向往出发旅行。工作场所令我感到憋闷，然而旅行途中又心中不安。我总是彷徨无措。究竟怎么回事？我似乎不是人。

"竟然说出那么过分的话。"我大大咧咧地躺在地上，摊开报纸读了起来，可心里愤懑，于是刻意用在隔壁房间缝衣服的内子也能听清的声音说，"真是可恨的家伙！"

"发生了什么？"内子果然如我所料地接了话，"你今夜好像回来得很早。"

"当然早。我没法再跟那些家伙来往了。竟然说出那么过分的话。伊村那家伙，口无遮拦地说我是撒旦！那家伙算什么，一个连续两年考试落榜的人，有什么资格对我评头品足。实在太无礼了！"我像个在外面挨了揍、回家告状的弱气小孩。

"还不是你一直惯着他们。"内子的语气听上去兴致勃勃，"你啊，总是惯着他们，这样可不行。"

"是吗？"她的这番话却是意外的忠告，"别说没意思的话。虽然看起来我是很惯着他们，但其实也是有自己的考量的。真没想到你会对我提这种意见。难不成你也认为我是撒旦？"

"不知道。"然后她沉默起来，似乎在认真思考着，片刻之后她说，"你这个人啊——"

"你就告诉我吧，想说什么尽管说。将你的想法都说出来。"我躺在榻榻米上，整个身体几乎呈"大"字形。

"你是个懒散的人。只有这一点毋庸置疑。"

"这样啊。"这话不太好听,不过比"撒旦"听着好些,"所以不至于是撒旦吧。"

"可太过懒散,看起来就很像恶魔。"

根据某位神学家的观点,撒旦的真身其实是天使,天使堕落后成了撒旦。这种说法未免太取巧。认为撒旦与天使是同族,这种想法是很危险的。我无论如何也无法认为,撒旦是可爱如河童的天使。

撒旦是勇猛的大魔王,即便同上帝战斗,也很难被打败。伊村竟然说我是撒旦,简直满口蠢话。不过经由伊村这么一说,之后的一个月里,我不由得非常在意,做了许多调查,了解诸家学派对于撒旦的看法。我想清楚明白地掌握一些论据,反证我绝对不是撒旦。

撒旦通常被译作"恶魔",据说这个词来源于希伯来语中的"撒答恩"以及阿拉米语中的"撒塔恩"和"撒塔那"。我学习不甚用功,别提希伯来语和阿拉米语了,连英语都看不大懂,所以要谈论这种学术性的事实,内心很是惭愧。据说在希腊语中,撒旦叫"得依亚波乐斯"。虽然我不大明白"撒答恩"的原意,但似乎是"告密者""反抗者"的意思。用希腊语来说,就是"得依亚波乐斯"。这是我刚刚翻完辞典才知道的。要我把它直接当作自己原本的知识,扬扬自得地加以陈述,到底心虚不安。我讨厌这样。不过为了证实我不是撒旦,无论多么不愿意也得再解释一遍。一言以蔽之,"撒旦"这个词,最初大概是指在神与人之间搬弄是非、挑拨离间的家伙。原本在旧约时代,撒旦并不具备足以与神对立的强大力量。在《旧约》中,撒旦甚至是神的一部分。某位国外的神学家,对《旧约》以后关于撒旦的思想演化做了如下报告:

犹太人长期居于波斯,渐渐知晓了新的宗教组织。波斯人信奉的是一位名为"扎拉兹斯多拉",又或者该称其为"索罗亚斯德"的伟大教祖所创的教义。扎拉兹斯多拉认为,整个人生即等于善与恶的不息斗争。这对犹太人来说是崭新的思想。在此之前,他们只认同耶和华是万物唯一的主人。当遭遇挫折、战败、疾病等,他们偏颇地认为这些不幸皆是自己的民族信仰不足导致的。他们只敬畏耶和华,从未想过罪恶纯粹是在恶灵的诱惑下出现的结果。在他们眼里,相比擅自违背上帝旨意的亚当与夏娃,伊甸园的蛇反而没那么坏。不过,受到扎拉兹斯多拉教义的影响,犹太人也开始相信世间存在另外一个灵,这个灵试图颠覆由耶和华缔造的一切的善。

简单地说,他们将此灵视为耶和华的敌人,取名撒旦。于是,撒旦开始以勇猛之灵的身份进入大家的视野。接着新约时代到来,撒旦堂而皇之地与神对立,肆无忌惮地胡作非为。在《圣经·新约》的各页里,人们使用多种多样的名字称呼撒旦。在日本的歌舞伎表演里,会用"他有两个名字"来形容恶徒，而撒旦岂止拥有两三个名字，"迪亚波罗斯"（魔王）、"贝利亚"（堕天使）、"贝鲁赛巴布"（苍蝇王）、"恶魔之首"、"人世的君主"、"人世之神"、"控诉者"、"试探者"、"恶徒"、"杀人凶手"、"虚伪之父"、"灭亡者"、"敌人"、"大龙"、"古蛇"等都是撒旦的名字。下面这一段取自日本唯一值得信任的神学家冢本虎二的观点：

> 根据（撒旦的）名称大致可以推断，《圣经·新约》里的撒旦，某个意义上讲是与神对立的。也即是说，他拥有一个独立的国度，并以王者身份对其进行统治，同神一样拥有仆从，恶鬼们就是他的部下。他的王国位于何处，我们不甚清楚。可能介于天地之间（《以弗所书》第二章第二节），也可能就在天上某处（同前，第六章第十二节），又可能位在地底（《启示录》第九章第十一节、第二十章第一节以后）。总之，他统治地上的这片世界，竭尽全力地试图把"恶"加诸在人身上。他支配人，人一出生便置身他的权力之下。因此，他是"人世的君主"，是"人世之神"，享有人世诸国的一切权威与荣华。

如此看来，先前那位留级生伊村的观点，已被驳得体无完肤了。这也证明伊村的结论是彻头彻尾的谬误，是谎言。我不是撒旦。这个说法听起来很奇怪，可我的确没有撒旦那么伟大。

他是人世的君主，是人世之神，享有人世诸国一切的权威与荣华，这些对我而言全是子虚乌有。就连位于三鹰的那家肮脏简陋的关东煮店都瞧不起我，我岂止没有权威，还被关东煮店里的女侍训斥得张皇失措。我不是撒旦一般的大人物。

我心下安定，刚松了一口气，又涌现出别的不安。为什么伊村会说我是撒旦呢？莫非他以为我想说自己是大善人，才说出"你是撒旦"这种话？他一定想说我是坏人。可我绝对不等同于撒旦。我双手空空，既未掌握人世的权威，也不享有人世的荣华。伊村说错了。他是留级生，读书毫不用功，不知道"撒旦"这个词的真正含意，只是将它作为"坏人"的同义词加以运用。然而，我真的是坏人吗？其实我并没有自信斩钉截铁地否认这一点。哪怕我不是撒旦，也有可能是撒旦手下的恶鬼。伊村或许想说我是听凭撒旦驱遣的恶鬼，可悲的是他没有文化，把我说成了撒旦。按照《圣经辞典》所记："恶鬼是追随撒旦，与之共同堕落的灵物，尤擅怨恨他人、迷惑人心，其数众多。"恶鬼是非常卑劣的家伙。那些自称为"群"（Legion）、大言不惭地说他们为数众多，反遭耶稣斥责，慌忙骑着两千头猪逃遁，结果坠落山崖、溺海而亡的也是这群家伙。简直毫无出息，与我倒是相似，真的太相似了。如果说我是撒旦的追随者，那不正好名副其实吗？我的不安攀升到顶峰，不禁仔仔细细回顾了迄今为止三十三年的人生。遗憾的是，确实有过——我确实在某一段时期追随过撒旦。想到这里，我按捺不住情绪，急忙冲去某位前辈的家里。

"接下来我要说的话或许有些奇怪，还请见谅。记得五六年前，我曾为了借钱而给你写过一封信，请问那封信你还留着吗？"

前辈不假思索地回答："留着啊。"他直直地看着我的脸，笑着说，"终于是时候让你在意起那封信了啊。我原本准备等你变成有钱人后，拿着那封信上你家恐吓你的。那封信真是过分哪，满纸的谎话。"

"我知道呢。我来是想求证那些谎话巧妙到什么程度。请让我看一眼，一眼就好。没事的，我绝对不会接过信就跑。借我看一眼，马上奉还。"

前辈笑着拿出盛放文卷的小匣子，在里面翻找了一会儿，递给我一封信。

"说恐吓是开玩笑的，不过你以后可要谨慎行事。"

"我明白的。"

下面是那封信的全部内容：

〇〇兄：

这是我一生一次请求您。我已想尽办法，却束手无策，我摊开卷纸又收起来，如此反复五六回，终于提笔写了这封信。

还请您体察我的心情。这个月月末，我一定会还钱，能否拜托您去××家附近，帮我借二十日元，倘若实在不行，十日元也好。我绝对不会给〇〇兄带来麻烦。借的时候您不妨说："太宰最近遇到点事，失败了，正在为难呢。"三月末我必定将钱归还。至于借到的钱，您或是寄给我，或是来我家玩时顺便带给我，我会很开心的。没有比这更好的法子了。无论您骂我厚颜无耻、任性、自私、狂妄自大、没出息，我都甘之如饴，我早有如此觉悟。目前，我正在工作。待这项工作完成后，就能得到一笔钱。若能早一日完成，也能早一日渡过难关。然而这项工作需要花费二十天时间，我一定尽快做完。虽说有些迟，对我而言却能保障质量。恳请诸事体察。此番我已无力详细解释，事情原委留待会晤时再叙。

三月十九日　治敬上

意外的是，这封信的字里行间，处处都是前辈用红笔做的批注。括号里的文字，便是前辈写下的批注。

〇〇兄：

这是我一生一次（人的所有行为，皆是一生一次）请求您。我已想尽办法（事先已经求过三四个人了吗），却束手无策，我摊开卷纸又收起来，如此反复五六回（这一点可能是实情），终于提笔写了这封信。还请您体察我的心情（体察是能体察，用词却有些怪）。这个月月末，我一定会还钱，能否拜托您去××家附近（"附近"也是个奇怪的说法），帮我借二十日元，倘若实在不行，十日元也好。我绝对不会给〇〇兄带来麻烦（这一点或许也是实情，但还是不可信）。借的时候您不妨说（"不妨说"是怎么个"不妨"？失礼至极）："太宰最近遇到点事，失败了，正在为难呢。"三月末我必定将钱归还。至于借到的钱，您或是寄给我，或是来我家玩时顺便带给我（他竟连亲自登门取钱的意愿都没有，真是越发无礼），我会很开心的（倘若开心这一点是真的，那他纯属无可救药）。没有比这更好的法子了。无论您骂我厚颜无耻、任性、自私、狂妄自大、没出息，我都甘之如饴，我早有如此觉悟（尚有觉悟还算好，看来他多少有些自知之明，却也仅此而已）。目前，我正在工作。待这项工作完成后（此处，对他有些同情），就能得到一笔钱。若能早一日完成，也能早一日渡过难关。然而这项工作需要花费二十天时间（似有夸大天数之嫌疑，要注意），我一定尽快做完。虽说有些迟，对我而言却能保障质量（虚假粉饰，愚弄人心）。恳请诸事体察。此番我已无力详细解释（犹如新派悲剧的台词，目中无人），事情原委留待会晤时再叙。

三月十九日　治敬上

（作为一封向人借钱的书信，技巧堪称拙劣无匹。一言蔽之，毫无诚意，满纸谎言）

"这真的很过分啊。"我不由得叹息道。

"很过分吧？我看完简直无言以对。"

"不，我是指你用红笔写下的批注更过分。我的文章，没有我想象中那么糟糕。原本以为这是一封巧言令色、无所不用其极的信，现在看了感觉写得出人意料的认真，甚至有点扫兴呢。再说，我竟如此轻易被你看穿了心思，哪有这么，哪有这么……"我想说"哪里会有这么蠢笨的恶鬼"，可我没敢说。因为总觉得，或许自己还有什么地方欺瞒了前辈。前辈见我支支吾吾，一边自语着"哪句过分？我看看"，一边从我手中拿走了信，"过去这么久，我都忘记自己抱怨了什么"。前辈低声说着，然后开始看信，不一会儿失声笑道，"你真是个笨蛋啊。"

笨蛋。这个词拯救了我。我不是撒旦，也不是恶鬼。我是笨蛋。不折不扣的笨蛋。仔细想想，以前我做的蠢事，大多一桩接一桩地被人识破，让人目瞪口呆又觉得有些好笑。我终究没法完美地欺瞒他人，总是会露出尾巴。

"我啊，被一个学生说成是撒旦。"我稍微放松了些，开始讲述前因后果，"我觉得他很可恶，实在没有办法，就做了各种调查研究。这世上真的有恶魔和恶鬼吗？在我看来，每个人都善良而软弱，因此我无法指责别人的过失。我觉得那些过失情有可原。我没有见过本心很坏的人。大家都是相似的，不是吗？"

"因为你具备恶魔的素质，所以普通的恶不会让你感到惊讶。"前辈平心静气地说，"在大恶徒的眼里，世人都是既天真又软弱的吧。"

心情再度黯淡无光。这可不行。被"笨蛋"拯救，我好不容易感觉开怀，没想到又跌入"恶魔"的深渊。

"是吗？"我恨恨地说，"这样看来，你果然从未相信我？原来如此啊。"

前辈笑了。

"别发怒。你啊，动辄发怒，这是不好的。你刚才说自己无法指责别人的过失，显得自己像基督一样，净说些漂亮话，所以我想讽刺挖苦你几句。你说你没见过本心很坏的人，可我见过。两三年前，我曾在报纸上读到一则消息。说的是有个男人，点燃火柴后再扔进邮筒，很喜欢看到邮筒里的信件被烧掉。他不是疯子，只是漫无目的地享受这个游戏而已。他每天到处走来走去，专门放火烧邮筒里的信件。"

"这个真的太过分了。"那家伙是恶魔。对于他，我丝毫没有同情的心思。他的坏是从骨子里散发出来的。遇上这种家伙，连我也会狠狠地揍他一顿，判他死刑以上的刑罚。那家伙是恶魔。和他相比，我果然只是个"笨蛋"。好了，这件事终于得出结论。我目睹了世上的恶魔，那是个与我截然不同的家伙。我既不是恶魔，也并非恶鬼。啊啊，前辈告诉了我这样一个好消息。我很感谢他。之后的四五天，我的心情格外明快，然而我并没有开怀多久，又被人称作"恶魔"了，就在前几日。难道说，这个称呼会纠缠我一生吗？

我的小说向来没有女性读者，可今年九月以来，有个女人几乎每天给我写信。她是病人，住院很长时间了。为了打发无聊的光阴，怀着宛如写日记般的心情，每天写信给我。后来似乎没什么可写的事，竟然说想见一见我，还说请我去医院看看她。我思考了一下。我其实不大愿意让女人看到自己的容貌与衣着，因为一定会被她们轻视。尤其还有一点，我非常不擅长与人聊天，对此我自己也不晓得怎么办才好。还是不见吧。于是我暂时没有给她回信。接下来，她竟然写信给我妻子。由于对方是病人，妻子的态度很是宽容，对我说"你去看看她吧"。我考虑了两三天。那女人一定在编织美梦。或许当看到我这张黝黑怪异的脸时，会失望得气晕过去。我相当明白，即便她没有气晕，病情也会恶化。倘若能够，我希望戴着口罩去见她。

女人继续写信过来。老实说，不知不觉间，我也对她萌生了情愫。终于在前几日，我穿上自己最好的衣服，造访了那家医院。我紧张得要命，准备站在病房门口，对她说一句"请保重身体"，然后神情明朗地一笑，立刻转身离开。这样大约能给她留下最美好的印象吧。我依照计划行事。她的病房里插着三朵菊花。出人意料的是，女人长得很美，穿着青色的睡衣，披着铭仙的羽织，坐在病床上展颜而笑。完全没有病人的感觉。

"请保重身体。"说完，我扯出一抹自以为最好看的笑容。这样就可以了，倘若长时间在门口徘徊，恐怕于她也是一种残忍的伤害。我立即告辞离开。回家途中，我感到自己的行为甚是无趣。慰劳别人的梦想，是很寂寞的事。

第二日，她来信了。

"我出生二十三年来，从未如今日一般受过此等侮辱。你想过我是怀着怎样的心情等待你的到来吗？可你只是看了看我的脸，便干脆利落地转身离去。你是对我寒酸的病房、对我肮脏丑陋的病容感觉幻灭，无言以对才转身离开的吧。你视我如抹布，对我态度轻蔑。（中略）你是恶魔。"

没有后话。

（《知性》昭和十六年十二月号）

耻

菊子。我真丢脸。这个脸丢大了。我万分羞愧，用"双颊喷火"也不足以形容。即便冲到草原上翻滚，哇哇大叫大喊，依然不足以发泄我所蒙受的耻辱。《撒母耳记下》①里，有一段写的是可爱的妹妹他玛："他玛将灰尘撒在头上，撕裂所穿的彩衣，以手抱头，一面行走，一面哭喊。"可爱的姑娘羞愧得不知如何是好的时候，真的会想把灰抹在脸上大哭一场呢。我对他玛的心情感同身受。

　　菊子，果真如你所言，小说家什么的不过是人渣。不，是恶魔。太过分了。我丢了很大的脸。菊子，此前一直没有告诉

---

① 《撒母耳记下》：《圣经·旧约》的一卷，记载以色列王国第一位国王扫罗执政时的历史。下文中的译文引用自《圣经》中文和合本。

你，我曾悄悄给小说家户田先生写过信。然后我终于见到他，却蒙受了奇耻大辱。感觉太没意思了。

我还是从头开始，一五一十地告诉你吧。九月初，我写过这样一封信给户田先生，措辞非常装腔作势。

对不起。我知道自己相当冒昧，可还是给您写了信。我想阁下的小说读者里，大约没有一位女性。女人基本只读刊载很多广告的书，因为没有自己的兴趣爱好，她们读书，是出于某种虚荣心，既然别人在读，那么我也读一读吧，就是这样。女人非常尊敬那些假装博闻强识之人，对无聊的理论评价甚高。恕我失礼，阁下根本不懂何为理论，也似乎没有什么学识。我从去年夏天开始，拜读了阁下的小说，我想自己几乎已全部读过，不必与阁下见面，便对您身边诸事，您的容貌、风采等一切的一切了如指掌。我确信阁下未曾拥有一位女性读者。因为在作品中，阁下将自己的贫寒、吝啬、难堪的夫妻吵架、不上台面的疾病，以及甚为丑陋的容貌、肮脏的穿着、啃着章鱼腿肉喝烧酒、大肆胡闹、瘫在地上大睡、债台高筑，还有其他许多名誉尽失的肮脏事迹，不加掩饰地展现出来。那样做是不行的。出于本能，女性非常重视清洁。我读着阁下的小说，尽管对您格外同情，可当读到阁下说自己日渐秃顶，牙齿也松动了，又感觉情形实在糟糕，同情之余不由得苦笑起来。抱歉。

我想自己要轻视您了。更何况，阁下似乎也去那些很难形容的肮脏场所找女人吧？此番做法已经可以让人对您下定论了。我读到那些描写，甚至捏住了鼻尖。女人，所有女人理应皱起眉头，对阁下表示轻蔑。我瞒着朋友，偷偷阅读了阁下的小说，要是此事被朋友知道，对方大约会嘲笑我、质疑我的人格品性，最终与我绝交。请阁下稍稍反省。尽管我能够细数阁下的无数缺点，譬如没有学问、文章拙劣、人格卑劣、思虑不周、脑袋不灵光，却也在这些东西的底处发现了某种贯穿始终的哀愁。我很珍惜那份哀愁感，别的女人是不会明白的。诚如前文所述，女人是怀着虚荣心阅读的，因此很喜欢读那些发生在看似高雅的避暑胜地的恋爱故事，或是具备思想性的小说。我并非只看那些小说，我还相信阁下小说底处的哀愁感是高贵神圣的。请阁下不要对自己丑陋的容貌、过去的污行或是拙劣的文章技巧感到绝望，请珍惜阁下独特的哀愁感，同时注意身体健康，稍稍学些哲学与语言学，让思想更加深邃。将来，倘若阁下的哀愁感能以哲学知识加以修饰整理，我想，您的小说便不会再如今日一般遭到嘲笑，阁下的人格缔造也会趋于完成。等到阁下大获成功那日，我也将摘下自己的面具，表明住址姓名，希望与阁下见面。如今，我只能远远地声援阁下。有一点我想提前说明，这不是书迷写给您的信。请别拿给您的夫人看，炫耀说，瞧，我也有女性书迷，这种玩笑太低俗了，请别这样做。我是有自尊的。

菊子,我差不多写了这样一封信寄过去,还"阁下""阁下"地称呼他,总觉得非常难为情,可是直呼"你"的话并不合适,我和户田先生年龄差太多,何况这称呼过分亲密,我才不愿意呢。万一户田先生一把年纪了还格外自恋,产生了奇怪的非分之想,我可就伤脑筋了。我对他尚且没有尊敬到称他"老师"的地步,而户田先生也没什么学问,叫他"老师"很不自然。所以我决定称他为"阁下",不过"阁下"这个词确实有点奇怪。寄出这封信后,我未曾感觉良心受到谴责。我认为自己做了一件好事。能够对可怜之人伸出援手,略尽绵薄之力,让我心情明朗。我没在信里署名、写明住址。因为我害怕。我怕他不修边幅、酩酊大醉地跑到我家拜访,那样的话,妈妈不知会多惊讶。说不定他还要威胁我们借钱给他。总之他是个一身恶习的人,我不晓得他会做出怎样可怕的事来。在他面前,我想做一个永远戴着面具的女人。不过,菊子,我这个愿望并没有实现,因为接下来发生了一件极其糟糕的事。那件事就发生在我去信后不到一个月的时间,它让我必须再次写信给户田先生。这一回,我把真实姓名和住址都清楚明白地告诉了他。

菊子,我真可怜。我把自己写的第二封信的内容告诉你,你应该会明白大致原委。以下是信的内容，请别嘲笑我。

户田先生：

我十分震惊。为什么您能查出我的真实身份？是的，我的真名叫作和子，是教授的女儿，今年二十三岁。我想自己的个人信息已经被您彻底揭穿。我拜读了您于本月《文学世界》上发表的新作，然后吓得目瞪口呆。真的，我发自内心地认为，万万不可低估小说家。您是如何知晓的呢？而且连我的心情也一并看穿，您在故事中甚至放出辛辣的一箭，说"甚至产生了淫乱的空想"，我认为这的确是阁下令人惊异的进步。看来上一封匿名信立刻引发了阁下的创作欲，对我而言是桩值得开心的事。只是我怎么也没料到，来自女性的微小支持，能让作家如此显著地努力奋起。据说，雨果和巴尔扎克等大作家，皆受益于女性的保护与慰藉，才完成了无数杰作。因此我也有某种觉悟，即便能力有限，也要帮助阁下进行创作。请您好好写作。我会时常给您寄信。阁下在这篇小说里，对女性心理做了稍许解析，这的确是进步，不少细节写得非常鲜活，令人佩服，不过依然有不足之处。由于我是名年轻女性，故而今后可以告诉您很多关于女性的心思和心理。我认为阁下是大有前途的作家，作品也将越写越好。请您再多读一点书，加深哲学素养。哲学素养不足，很难成为伟大的小说家。如果您遇到痛苦之事,请别客气,尽管写信给我。反正我已经被您识破了身份,所以也不再戴着面具。信封上写的便是我的住址与姓名。请放心,它们不是伪造的。假以时日,待阁下完成自己的人格缔造时,我一定同您见面,在那之前,请原谅我只能与您书信往来。这一次,我真的非常震惊,您居然连我的名字都知道。我想阁下一定是收到我的信后非常兴奋,到处宣扬,还把信拿给您的朋友们看,然后凭借邮戳之类的线索,请报社朋友帮忙,最终查出了我的名字,没错吧?男人收到女人的信,总是会大肆吵闹,立刻宣扬一番,这点很讨厌。请回信告诉我,为什么您会知道我的名字,甚至知道我今年二十三岁?我们长久保持通信吧。从下次起,我将寄出措辞更加温柔的信给您。请珍重。

菊子,此刻我誊抄着书信,一次又一次哭丧着脸,感觉浑身冷汗。希望你体谅我的心情。其实我弄错了。他在故事里写的不是我,他根本没把我放在眼里。啊啊,真丢脸,真的太丢脸了。菊子,请同情我吧。我会把这件事讲完的。

户田先生在本月的《文学世界》上发表的短篇小说《七草》,你看过吗?讲的是一个二十三岁的姑娘,因为畏惧恋爱,讨厌心动之感,最终嫁给一位六十岁的富翁,然而,这段婚姻果真令她厌烦,于是决然自杀了。故事有些露骨且晦暗,流露出户田先生的独特风格。我读了这篇小说，一厢情愿地认为他是以我为原型创作的。我看了两三行便如此认定，瞬间脸色青白。因为那姑娘的名字与我一样，也叫作和子，年龄同为二十三岁，就连父亲的职业也一模一样，是大学教授。虽说她的其他背景与我截然不同，但不知为何，我就是坚信他一定是从我的书信中获得灵感，创作了这个故事。这是我蒙受奇耻大辱的开端。

四五日后，我收到户田先生的明信片，上面这样写道——

敬复者：

来函收悉，感谢支持。此外，之前的来函确已拜读过。迄今为止，我从未将别人的来函拿给家人阅读，并加以取笑。此等失礼之事，一次未有做过。我也不曾拿信给朋友看后大肆宣扬。这一点，请您放心。此外，您说等我的人格缔造完成时会与我见面，而我的疑惑是，人真的能够依靠自己完成自我缔造吗？草草不一，言不尽意。

果然小说家这种人就是会讲话。我觉得被他将了一军，十分不甘。一整天若有所失，到了第二天清晨，我忽然很想拜访户田先生。我必须见他一面。我想那人现在一定很痛苦。要是我不立刻去见他，他或许会堕落下去。他一定也在等我前去。

不如见见他吧。我连忙开始打扮。可是菊子，我是要探访住在大杂院的贫穷作家，可以打扮得奢华光鲜吗？当然不能。记得之前某个妇女团体的干事们围着狐裘围巾视察贫民窟，不就引发了轩然大波吗？我不得不谨慎行事。按照户田先生的小说所写，他没有能穿的像样衣服，只有一件露出棉花的破棉袄。而且家里的榻榻米也是破损的，只好铺了一地的报纸，而他就这样坐在上面。他家一贫如洗，我要是穿着最近新做的粉红洋装去拜访，只会让户田先生的家人感到惶恐，这是非常失礼的行为。于是，我穿了从前念女校时那条满是补丁的裙子，还有以前滑雪时穿过的黄色夹克，夹克已经变得很小，袖子很短，露出手肘，袖口也已绽裂，垂着些许毛线，应当是适合这种场合的代用装。此外，我从户田先生的小说中得知，每到秋天他都会犯脚气病[1]，所以我挑了一条自己用过的毛毯，用包袱皮儿包了，打算带去给他。我想劝他工作时尽量用毛毯裹着脚保暖。我没有让妈妈知道，悄悄从后门溜出了家。菊子，你还记得吧，我的门齿有一颗是假牙，可以取下来。我在电车上很快取下它，故意把自己弄得很丑。记得户田先生的牙齿也松动了，还掉了几颗，为了让他不觉得丢脸，为了让他安心，我打算让他看看我牙齿残缺的模样。我把头发弄得蓬松凌乱，让自己变

---

[1] 脚气病：维生素B1（硫胺素）缺乏病，不同于俗称脚气的脚癣。

成一个丑陋寒酸的女人。毕竟我是要安慰软弱无知的穷人,不得不煞费心思。

户田先生的家位于郊外。我搭乘省线电车,下车后,寻问了派出所的工作人员,居然很轻易就找到了户田先生家。菊子,原来户田先生家并非大杂院。虽然小小的,却是一栋格外干净规整、独门独户的房子。庭院也打理得很美,绽放着秋日的蔷薇花。一切都出乎我的意料。走进玄关,只见鞋柜上摆着一盏水盘,插着野生菊花。一位沉稳且十分高雅的夫人出来迎接,对我行礼致意。我简直以为自己走错了地方。

"请问,创作小说的户田先生,是住在这里吗?"我提心吊胆地问。

"是的。"夫人声音温柔地回答。她的笑颜也美得那般耀眼。

"老师——"我情不自禁地脱口而出这个词,"请问老师在家吗?"

夫人带我去了户田先生的书斋,只见一个表情严肃的男人端坐在书桌前。他穿的不是破棉袄。我不晓得那是什么布料,只知道是一件深青色的质地厚实的袷衣,他在腰部结着一条黑底白条纹的角带。这间书斋有着茶室的氛围,壁龛处挂着一幅汉诗卷轴,我一个字都不会读。竹篮里插了美丽的常春藤。书桌旁堆着大量书册。

一切与我所想的截然不同。他既没缺牙,也没秃顶,容貌端正,毫无不洁的感觉。我不由得怀疑,这个人真的会喝完烧酒瘫在地上呼呼大睡?

"见了您,感觉和小说里形容的完全不同。"我重新打起精神道。

"是吗?"他答得云淡风轻,一副对我不太感兴趣的模样。

"您究竟是怎么得知我的事的?今天我来,就是想问问这个。"我道出内心的疑问,试图让自己看起来没那么窘迫。

"你是指什么?"他不为所动。

"我明明隐瞒了我的姓名和住址,却被老师识破了,不是吗?前几日我写给您的信里,第一件事应该就是在问这个。"

"我对你的事一无所知。你的问法真是奇怪。"他用清澄的目光笔直地凝视着我,唇角挂着薄薄的笑。

"啊!"我有些狼狈,"这样说来,您应该完全不懂我那封信的意思,却什么也不挑明,太过分了。您一定觉得我是傻瓜吧。"

我想哭。我怎么会如此自说自话呢?糟糕透顶,一切实在糟糕透顶。菊子,那一刻用"双颊喷火"都不足以形容我的心情。即便冲到草原上翻滚,哇哇大叫大喊,依然不足以发泄我所蒙受的耻辱。

"那么,请把那些信还给我。我觉得自己委实丢脸。请把信还给我。"

户田先生表情认真地点头。他或许生气了,认为我是个行事过分的家伙,对我无话可说吧。

"我找找看。我不可能把每日的信件都保存起来,说不定信已经不见了。晚些时候我请内子找找。要是找得到,就寄回给你。有两封,对吧?"

"是的,两封。"我心情悲戚。

"你似乎是说,我小说的女主人公同你的身世很像。我写小说绝对不会用任何人做原型,全是虚构。更何况,你的第一封信实在——"他忽然打住,垂下头去。

"失礼了。"我是个缺了颗牙、形容寒酸的乞丐女。身上太过短小的夹克袖口早已绽线;绀色的裙子上全是补丁。我浑身上下无一处不被他轻视。小说家是恶魔!是骗子!明明不穷,却装得一贫如洗;明明相貌端正,却说自己貌丑无颜,只为博取世人同情;明明学富五车,却假装自己没有学识;明明很爱太太,却谎称日日夫妻争执;明明生活安适,却装作痛苦不堪。我被骗了。

我默默行了一礼,起身道:"您的病如何了?听说您患有脚气病。"

"我很健康。"

我居然为这个人带了毛毯。这下可好,干脆带回去吧。菊子，我实在羞愧难当，回家路上，抱着装了毛毯的包袱哭起来。我把脸埋在包袱皮儿里，压抑地哭着，被汽车司机怒斥了一句："蠢蛋！走路注意点儿！"

两三日后，我那两封信被装在一只大号信封里，以挂号信的方式寄了回来。我甚至抱着一丝微小的期盼，或许老师会附赠我只言片语的好话，安抚我蒙受了奇耻大辱的脆弱之心。或者在这只大信封里，除了我的两封信，还躺着老师新写的书信，上面是些措辞温柔的安慰。我抱紧信封，祈祷，然后拆开。没有。除了我的两封信，什么都没有。我又想着，说不定老师会在两封信的背面涂鸦般写些感想。我一张信纸一张信纸地仔细检查，可无论正面还是背面，一个字都没有。这种耻辱，你明白吗？我简直想把灰撒在头上。我觉得自己老了十岁。小说家真是无聊透顶，是人渣，满纸谎言，毫不浪漫。他态度冷漠，轻视我这个出生于普通家庭、衣着不洁、少了一颗门齿的姑娘，甚至在我离开时也不送一送我，永远摆出置身事外的凉薄表情，真是太可怕了。所谓骗子，说的就是那种人。

(《妇人画报》昭和十七年[①]一月号)

[①] 昭和十七年：1942年。

小相簿

你专程光临寒舍，我却没什么好拿来招待的，着实感到过意不去。倘若谈论文学，我已经厌倦。那样做毫无意义，因为不就只是说说别人的坏话吗？而对文学本身，我也很厌烦了。不妨这么说吧，"他变成了一个讨厌文学的文人"。

真的呢。原本一点也不好战的国民，如今参加战斗，于是个个都显得很强悍。如何，你们也稍微讨厌一下文学吧？因为真正崭新之物，均诞生于此处。

上面谈及的便是我的文学论，剩下未说的只有不会啼鸣的萤火虫、沉默的海军吧。

难得你登门拜访，我却如此招待不周，心里万分沮丧。要是有酒还好，偏偏两三日前领到的配给酒，当天便被我喝掉了，真的很不凑巧。其实也很想去外面喝酒，不过依然很不巧，啊哈哈哈——我手头拮据。这个月花了太多钱，只能蛰居在家。在我的书卖出去之前，我暂时不想喝酒，所以你也忍一忍吧，喝点茶，我们来慢慢想想今晚要怎么度过。

你是来玩的吧？因为不管你去哪里都会被轻视，又囊中羞涩，心想不如去D那里，或许还能心情轻松些。你是这样想着，才来到我家的吧。我感到很荣幸。你如此信赖我，倘若我辜负你的期待，岂不是太无情了？

好吧。今晚就给你看看我的一本相簿。里面或许收藏着有意思的照片。拿相簿招待客人，看来这家伙是没什么热情啊。通常主人拿相簿之类的出来招待客人，是想敷衍了事或者委婉逐客。你要注意点。不可以生气。不过我这个人并非抱着上述想法。今晚只是碰巧没有酒，也没有钱，我又不想再谈论文学，可就这样让你一无所获地回去，我又心中不安。束手无策之下，我不得已拿出了这本寒酸的相簿。原本，我实在很讨厌给别人看自己的照片，总觉得这很失礼。除非是关系亲密的人，否则我是不会给对方看照片的。毕竟一个男人，年纪不小了，做这种事就很丢脸。我对照片毫无兴趣。我一点也不喜欢拍照，更不喜欢被拍。因为照片这种东西根本不值得相信，所以，无论是自己的照片还是别人的照片，我都不曾悉心保存，大多像这样，随便扔在抽屉里，每逢大扫除或搬家时，它们甚至会被我一点点弄丢，以至于如今存留在手边的，只有极少的数张。前几日，内子整理了这些残留至今的少数照片，做成这本相簿。起初我还不赞成，说她夸张，后来相簿做好了，我一页页翻看着，心里也涌现出些许感慨。然而，那都是属于我个人的很私密的感慨，别人看了或许会觉得，这种东西一点儿意思也没有嘛。总之，今晚也没有别的话题可聊，你难得登门，我却没什么好招待的，不做点什么未免大煞风景，万般无奈之下，我只好拿出这件物品。还请念在我贫者一灯①的心意上，即便觉得毫无趣味，也随便看一看吧。

我要说明一点。接下来或许会变成一场拙劣的连环画剧，请先别笑，听我说完吧。

我没有太多旧照片。如前面提到的，由于搬家和大扫除，不知不觉间很多照片都遗失了。通常情况下，相簿的第一页，大多贴着自己父母的照片，可我的相簿里没有这种东西。别说父母的照片，便是亲人的照片我也一张都没有。啊，不对，去年秋天，排行在我上面的姐姐与她年幼的长女一块儿，合拍了一张手札型的照片寄给我。我真的只有这一张，此外再没有别的亲人的照片了。我并非刻意排斥亲人的照片。其实自十几年前开始，我便没有同故乡的亲人通信，因此自然而然形成了如今

---

① 贫者一灯：出自《阿阇世王授决经》，意为贫者以虔诚之心供养一灯，功德大于长者之供养万灯。

的局面。另外，大部分人家的相簿，都会用相簿主人婴儿时代或小学生时代的照片来增添情趣，可我的相簿里也没有这些。或许它们被保存在老家，眼下我手边是没有的。所以，仅仅通过这本相簿，别人可能完全不明白我的家庭背景。仔细想想，可不就是一本令人背脊发寒的相簿？翻开第一页，主人公已是如照片所示的高中生。这还真是唐突的第一页。

这是H高中的礼堂。照片里大约有四十名学生，正规规矩矩地坐成一排。他们都与我同级。班主任坐在第一排正中央。这位是英语老师，不时便会夸奖我。不要笑，这是真的。那段时期我可是很用功念书的。不仅是这位老师，还有两三位老师也夸奖过我。真的。我非常努力地想拿到第一名，最后失败了。因为唯独一个人，就是站在第三排边上的矮个子学生，我怎么都赢不了他。这家伙书念得很好。别看他一脸呆瓜的模样，其实真的很会念书。他并没有表现出干劲十足的样子，然而相当踏实稳健，这才是真正念书之人所具备的品格吧。听说现在他在朝鲜银行上班，与他相比，我这种人简直就是不靠谱的轻浮才士。你仔细瞧瞧，看我在这张照片的哪里？看得出来吗？对，就是刚好坐在班主任旁边的那个，是看起来格外轻浮、独自默默笑着的学生。那时我才十九岁，便已经学会这般装腔作势的技巧。真令人生厌。说起来，为什么我会笑呢？你看，大约四十个学生里，只有我一人在笑吧。拍摄如此严肃的纪念照之际，我竟然独自默默地笑了，着实过于胡闹，太不谨慎。为什么会变成这样呢？因为拍摄前场面一片混乱，我乘机挤到第一排，稳稳地坐在老师旁边，而后默默地笑了，着实让人不知道说什么才好。也许大家会想，这种人长大后会变成神偷吧。不过出人意料的是，这家伙或许拐错了方向，岂止没有当上神偷，简直就是一连串难堪失败的集合体，此后的十几年间，又是哭又是叫，还装模作样地呻吟喟叹，闹得周围鸡犬不宁。

看吧，下面这张照片已然暴露他愚蠢的本性。这一张也是高中时代的照片：我在租借的房间里，以手托腮，抵在桌面上，看起来十分放松。不知有多矫揉造作，对吧？我还无力地扭着上半身，犹如歌舞伎演员在表演打瞌睡，右手掌心轻轻贴住脸颊，嘴巴嘟得小小的，视线朝上，眺望远方，蠢得无以复加。藏青底色的碎白花纹和服，结上角带，这种装束也具有某种奇妙的风尘味。实在是要不得。襦袢①的领口束得一丝不苟，看上去简直如同想用衣领勒死自己。糟糕透了。我很想当场把这张照片撕碎扔掉，但撕了就显得太卑鄙。这一形象确确实实存在于我的过去。大约那会儿受了泉镜花的不良影响。你尽管笑吧。我不会逃也不会躲，甘愿接受惩罚，勇敢地任君品评。不过话说回来，照片上的这家伙真的很过分哪。那时候的高中，

---

① 襦袢：穿在和服里面的贴身内衣。

有着所谓的"硬派"与"软派"①，两者彼此对立，软派的学生时常被硬派的学生殴打，但我以这副大软派的装束走在街头，一次都没被打过，也没被警告过。大约就连硬派的学生目睹了我这副德行，也觉得无言以对，想要敬而远之吧。虽然我至今为止还是很蠢，但那时候的我比蠢更恶劣，简直就是妖怪。明明过着奢侈优越的生活，却极其厌世，还计划自杀。那是个一切都莫名其妙的时代。虽说我是大软派，却也只是徒有其表，遇见女性就变得很胆小，只是胡乱装腔作势。由于女人的事而引发真正的问题，是进入大学之后了。

这一张便是大学时代的照片。到了这个时期，我多少尝到了生活的艰辛，表情也没那么难以捉摸了，服装也是普通的制服制帽，看着甚至感觉有几分苍老疲倦。这时候，我已经开始与某个女人同居。不过像这样夸张地双手交叉于胸前，果然还是有些装模作样。可是拍这张照片时，我不得不稍微装模作样些。你看，站在我两边的是两位美男子吧，你对他们可有印象？不错，就是电影演员Y和T。还有蹲在前面的两位小姐，你也觉得眼熟吧？没错，是女演员K和S。你有没有感到很惊讶？这是我进入大学那年的秋天，某个人带我去松竹的蒲田制片所

---

① 在当时的日本，软派是指爱好诗歌、小说，喜欢与异性交往，注重流行服饰的年轻人，硬派则与之相反。

玩的时候拍下的纪念照。那会儿，松竹的制片所还在蒲田。带我去玩的那个人，是当时电影界的名人。那天我们很受欢迎。我后面站着两个胖胖的男人，对吧？戴眼镜的那个就是那位名人，另一个皮肤白皙的是制片所的所长。这位所长非常谦和平易，即便我只是一个学生，他也没有瞧不起我，反倒十分客气地款待了我，身上没有商人那种令人厌恶的气息，是个认真严谨、礼数周全的人，真的让我很是佩服。我们在制片所的中庭，同这些主要演员拍了纪念照。虽然Y和T被世人称为美男子，并且声名在外，可我并不觉得他们有多帅，三人站在一起，我认为自己才是最英俊潇洒的那个，所以夸张地双手交叉于胸前。后来我收到这张照片，果然觉得很糟糕。为什么我总是无法摆脱这种土气呢？Y和T看起来清爽利落吧？而我就像呆立在两匹赛马中间的骆驼。我怎么就摆出这么一副乡下人的模样呢？而且还自以为有型地双手交叉于胸前。我着实是个相当自恋的男人。关于我那厚重的乡土气息，直到最近我才明确地感知到。不过，如今我已不再为自己的粗俗鄙陋感觉可耻了。

学生时代的照片，只有这三张。其后的三四年，我过得乱七八糟，也没有什么拍照的心情。即便有好事者打算拍一拍当时的我，我也不安分地动来动去，完全不肯安静下来，对方别无他法，只好放弃拍摄计划。尽管如此，我原本应该还留着两三张穿着青色工作服站在银座后巷酒吧前拍的照片，可不知什么时候它们都遗失了。我一点不觉得可惜。

一段与人争执不休的日子后，我大病一场，好不容易出院后，在千叶县的船桥市郊外租了一栋小房子，开始过着养病的生活，那时候拍的就是这张照片。我瘦得很厉害吧？这才叫皮包骨头，看起来也不像我的脸了。我自己看着都觉得有些恶心，像是爬虫类。那时我也认为自己命不久矣。我的第一部作品集《晚年》就是在那时出版的，这部作品集的初版里面放的是这张照片。我将它视为"晚年的自画像"，可我到现在还没死，如同白天的萤火虫，形容难看、动作迟缓地到处游荡。后来我胖了许多，你看这张照片。我在船桥待了两年，又来到东京，和之前同居六年的女人分了手，独自住在东京郊外的出租屋里，整天无所事事，结果胖成这副模样。最近我又瘦了些，不过住在出租屋的那段时期，我胖得活像一只鼹鼠。这张照片里，我就是因为太胖，笑得一脸难为情。我在自己的第二部作品集《虚构的彷徨》中插入了这张照片。我有个朋友说，这张照片里的我酷似鸭嘴兽。另一个朋友安慰我说，像是喜剧演员道格拉斯，还嚷着要我请客。总而言之，那阵子我胖得莫可形容。胖成这样，即使摆出落寞的神情，也没法表达那种意境吧？那段时间，我一边胖着一边感觉甚是寂寞，可惜从外表来看，我的寂寞丝毫显现不出，反倒变成这种难为情的笑容，因此谁都没有对我表示同情。你看这张，我蹲在湖边、仿佛在埋头思索的照片。这也是那段日子，前辈们带我去三宅岛游玩时拍的。那天我的心情无比落寞，就这样独自蹲在那儿，倘若冷静点批判，这种姿势就像无精打采地打盹吧，没有一丝一毫忧愁的影子。这是"岛王"A氏在我不知道的时候偷拍的，然后放大成这么大一张寄给我。A氏是岛上的首富，平日也作诗，像岛上的国王一般过着优渥的生活。这趟旅行也是A氏招待的。那会儿我们一行人均受到他无微不至的照顾，可我懒得写信，至今未曾写过一封答谢信向他问候致意。前阵子三宅岛发生了爆炸，我想他或许很是艰难，却依然由于懒惰，连一封慰问信也没有寄出。国王大约也瞠目结舌，觉得东京的作家怎会如此不懂人情世故呢？

接下来是住在甲府时的照片。这段时期我又稍稍瘦了些。当时我从东京郊外的出租屋出发，带着一只皮箱踏上旅途，然后直接在甲府住了下来。两年后，我在甲府结了婚，接着搬来现在的三鹰这边。这张照片是在甲府的武田神社，由内子的弟弟为我拍的。真的已是一脸老态了呢。那年我刚好三十岁，不过从照片看，仿佛四十岁以上的老头子。大约是因为我也与普通人一样，吃了不少苦头。我没有摆任何姿势，只是茫然地站在那里。不对，我好像正目光稀奇地瞧着脚下的山白竹，简直像个痴呆。然后是这张坐在檐廊①上双眼惺忪的照片，也是住在甲府时拍的，既没有飒爽的英姿，也没有暴躁的外表，完全像个反应迟钝的南瓜。这张脸似乎三天没洗了，我甚至觉得它丑陋不堪。不过对大部分作家来说，他们日常的脸就是这样。这张脸的主人说不定越来越接近真实的自己，也即是说，接近一个真实的俗人。

接下来都是搬来三鹰以后的照片。为我拍照的人也多了起来，他们时常对我指手画脚，说"往右边看，对，往左边看，很好，稍微笑一笑，对对"，我便照着他们所说的摆姿势。净是些无趣的照片。不过也有两三张有意思的，不，应该说是滑稽的照片。有一张照片上是我的裸体，是和I君去四万温泉时，I君趁我在泡汤时悄悄拍下的。所幸他拍的是侧面，真是谢天谢地。倘若是正面，我可没法容忍。真的好险啊。不过我后来拜托I君把底片给了我，否则万一他拿去加洗，事情就不妙了。I君为我拍了好些照片，比如这张，是今年正月里，我与K君一起穿着家纹和服，去井伏先生家拜年时拍的。当时井伏先生碰巧不在家（作家井伏鳟二，以战地记者的身份，于前年晚秋被派去南方），我们进去后，恰好遇到I君，他也穿着国民服②来

---

① 檐廊：传统日式民居中，附在居室外侧的、细长的铺着木板的部分。
② 国民服：日本于1940年出现的男性普遍穿着的服装。

拜年。于是，他让我们二人站在院子里，为我们拍下这张合影很不搭调，对吧？很奇怪，对吧？且不提K君，我穿家纹和服的模样实在很诡异。按K君的批评来说，简直像摩西穿着家纹和服。不论他说得对不对，反正就是看起来怪怪的。整张脸颧骨突出，脸庞显得很大。再看这一张，这是我去参加朋友的新书出版纪念会拍的照片，这么多张脸排在一起，有一张脸大得特别扎眼。就是我的脸。这让我想起一个笑话，一个三岁的小女孩，在陈列着羽子板①的店里，指着其中特大号的那个说："我想要那个，给我买那个。"然后店主对她说："小妹妹，这个可不卖。这是我家店的招牌。"脸大成这样，根本没法子恋爱。很像高丽屋②吧。你不可以发笑，我觉得自己就是"装扮得不干不净"的高丽屋。即便去了理发店修整形容，也不存在"其实也能变得好看"这种转折性的说法，即便打理完毕，我看上去依然"装扮得不干不净"。其实我并没有装扮，就是真正的"不干不净"，我根本没有在演戏。不过不知为何，还真是有点像演戏，也即是说，同样都很另类。这样的自己，只能等待喜欢另类男人的女人出现，除此以外，别无他法。

"你得意忘形的时候，净说蠢话。像你这种文人，就别再

---

① 羽子板：打羽毛毽子用的毽球板。
② 高丽屋：歌舞伎演员松本幸四郎一族的屋号。

说那些蠢话了，否则只会被家里的客人瞧不起。你啊，简直像个三流的通俗小说家。就不能说些正经话吗？"妻子曾这般忠告我。然而我觉得，人在痛苦的时候，能够率直地流露出痛苦的表情，是幸运的；在紧张的时候，能毫不掩饰地显露出紧张的姿态，是幸运的。而我在痛苦的时候想要哈哈大笑，这才最伤脑筋。即使我内心紧张，也会突然想要冒蠢话，这才最伤脑筋。尼采曾说："要笑着去谈严肃的话题。"这话不错。我发怒的时候，是真真正正在发怒。于是我的表情，只有怒与笑两种。我是个表情贫乏到令人深感意外的男人。不过最近，我也想把发怒减为一年一回。我总是提醒自己，笑一笑就忍过去了。反过来看，发怒的时候，言辞不要像威胁别人一般，因为这样做的话，我自己也会不愉快。总之，发怒的时候就单纯发怒。请看这张照片。这是最近拍摄的。我穿着宽松的夹克衫和短裤，一身轻装，手上正推着婴儿车，对吧？这是我让小女儿坐在婴儿车里，带她去附近的井之头自然文化园里看孔雀时拍的。很幸福的场面吧，也不知这样的光景能持续到何时。下一页会贴上什么样的照片呢？或许会是一张令人意外的照片。

（《新潮》昭和十七年七月号）

禁酒之心

我打算戒酒。因为最近的酒，着实让人变得性情卑屈。听说过去的人可以凭借喝酒培养浩然之气，如今的酒只会让人浅薄无识。也是这个原因，近日我极其憎恶喝酒。我想，有才华成就大业者，当此之际，都应断然粉碎酒杯，哪怕这一行为与身份不相符。

平日里爱好饮酒之人，精神境界已变得无比啬卑微，竟会在一升配给酒的酒瓶上，标出十五等分的刻度，每日必然只饮一刻度。偶尔超过限度，在喝下一刻度的酒时，会加入一刻度的水，横抱着酒瓶不住摇晃，试图让酒与水充分融合，实在令人忍俊不禁。另外，有人会在配给的三合①烧酒里，加入一壶

---

① 合：尺贯法容积单位。1合约为0.18升。

番茶①，然后将这种褐色的液体倒进小小的玻璃杯中，虚荣地逞强道："这杯威士忌里立着茶梗呢，真是让人心情愉快。"说完故意豪爽大笑，一旁的妻子脸上却无一丝笑意，这一幕看上去反倒有些悲凄。以前，若在晚酌时遇上好友不远千里造访，主人家总会活力十足地说："啊呀，你来得正是时候，我刚想找人一块儿喝酒，今天没什么可招待你的，不如来一杯吧，怎么样？"

如今的主人态度恰好相反，并且表情极其阴鸷。

"喂，时间差不多了，我要开始喝那一刻度的酒。老婆，把大门关上，落锁，把遮雨窗也关起来。倘被别人瞧见，又要羡慕得不得了了，我可不乐意这样。"

明明不过一刻度的晚酌罢了，又有谁羡慕呢？但此人精神境界早已吝啬卑微，因此风声鹤唳、担惊受怕，听到外面响起的脚步声便一惊一乍，仿佛罪孽深重，担心招来世人的憎恨，内心揣着无以言喻的恐惧、不安、绝望、愤懑、怨怼、祈祷，在如此复杂的心境之下，调暗屋里的灯光，弯着背脊，小口小口啜饮杯中的烧酒。

"打扰了，请问有人吗？"这时，玄关处传来人声。

"来了！"说着，主人家必定摆出护酒的姿势，心想这宝贝

---

① 番茶：品质粗糙的煎茶。

的配给酒怎么能够给别人喝呢！然后很快将酒瓶藏进橱柜里，对自己说，今日还剩两刻度，是明天和后天的份。刚才的酒壶里大概还留了些，可以倒三小杯，正好当睡前酒。所以这酒壶嘛，现在暂时保持原状，保持原状，绝对不能碰，接着又用包袱皮儿把酒壶也盖起来。好了，这下没什么疏漏了吧？再仔细打量房间，确认安全无碍后，用猫儿被人抚摸时才会有的舒服语气说："哪位？"

啊啊，我写着都感到恶心。人若真到这个地步也就没救了，别提培养什么浩然之气。古人曾谓："酒可在月夜，雪朝，花前，引人诗情，举杯助兴。"今人多少该学学此种典雅的心境，努力反省。说起来，如今大家果真那样迷恋饮酒吗？那些留着胡子的男人们，沐浴着橙红的夕阳，挥汗如雨地乖乖排在生啤酒屋前，不时伸长脖子，踮起脚，从啤酒屋的圆窗窥探店内，摇着头长吁短叹，抱怨排了这么久还没轮到自己。此刻，狭窄的店内挤满客人，一片嘈杂混乱。大家手肘碰着手肘，临近餐桌的人彼此牵制，互不相让地高声喊道："喂！快给我上生啤！"也有操着东北地方乡音的客人大吼道："喂，秘鲁[①]！"诸如此类的喧哗简直不绝于耳。好不容易上来一杯啤酒，刚刚咕咚咕咚忘我地喝掉，忽然，一个肤色黝黑、目光

---

① 秘鲁："啤酒"的日语发音为biru，译文取其谐音。

不善的男人，连一句"打扰了"也不会说，便插队挤进店里，生生将自己从椅子上挤开。也就是说，原本还在喝酒的人，还没回过神来是怎么搞的，便不得不离开啤酒屋。然后此人打起精神："好，要再来一杯。"又重新走到店外长蛇般的队伍末梢开始排队。如此反复折腾三四回，累得精疲力竭，只好有气无力地自言自语"啊啊，喝醉了呢"，说完踏上回家的路。我想，国内的酒水供应尚不至于紧缺，大概是最近喝酒的人增多了吧。正因为大家谣传酒水供给不足，有些从前没喝过酒的人，才会想着"很好，不如趁这时也去喝一杯。凡事都要经历一下才不算吃亏，现在就去尝尝吧"。本着这种奇怪的小人贪欲，他们不仅得到了配给酒，还一度突然"袭击"啤酒屋，想跟别的客人一块儿凑热闹，可以说在任何方面都绝不认输，连关东煮这种食物也想尝一口。还有人一早便听说了咖啡馆等新式店铺，好奇里面究竟是怎样的布置，无论如何都想乘此机会体验一番。基于此类无聊的"上进心"，不知不觉间，他们喝起了酒，身无分文的时候，连一刻度的配给酒都珍惜得不得了，为那立着茶梗的"威士忌"欢喜不已。因此我想，其实不少人已经到了沉迷酒水难以自拔的地步。总之，某些喜好饮酒的小人实在令人费解。

　　有时我去酒铺，会遇上很多糟心事。客人的虚荣与卑屈，店主的傲慢和贪婪，每回都让我生出禁酒的决心："啊啊，我不想再喝酒了。"大约时机尚未成熟，直到今日，我都没有断然将这一决心付诸行动。

通常走进店里，店员会笑嘻嘻地上前迎客："欢迎光临。"但这已成记忆中的光景，现在的情形是，客人脸上浮起卑屈的笑，主动跟店主、女侍打招呼，"你好"，却往往被对方漠视。有时进来非常有礼貌的客人，会先脱帽致意，客气地以"老板"称呼店主，让人以为是售卖保险的绅士。即便他确然是来喝酒的，也无一例外遭到漠视。

有更谨慎的客人，一进店里就抚摸吧台上的装饰盆栽，看似自言自语，声音却足够让店主听见："这样不行啊，还是浇点水比较好。"说着去洗手间，双手掬了些水出来，一点一点洒在盆栽上。他姿势夸张，实际上洒进盆栽的水只有两三滴。接着，他从口袋里掏出剪刀，咔嚓咔嚓地修剪枝叶，像模像样地摆弄好枝叶的造型，让人误以为花艺店的员工上门修护盆栽。谁也不曾想到，他其实在某家银行担任重要职位，为了讨得店主欢心，才特意揣着剪刀来到店里。不过他的良苦用心果然也是白费，即便如此小心翼翼，依然遭到店主的漠视。来客用尽手段，无论是笨拙抑或巧妙，无论出自谁的主意，均被店主冷漠以待。然而客人并不在意，想尽办法，只为店主允许自己多喝一瓶。更有甚者，明明不是店里的员工，每当有客人进来，他们便高声喊道："欢迎光临！"客人离开时，他们也一定会大声嚷着："谢谢惠顾，欢迎下次再来！"明显陷入癫狂错乱的精神状态，可怜得很。唯独店主一人，镇定自若地低声说："今天有盐烤鲷鱼哦。"

一位年轻人不失时机地拍案附和："太难得了！这个可是我的最爱。盐烤鲷鱼太棒了。"但其实他完全不这么认为，说不定内心的真正想法是，这玩意儿很贵吧，至今为止我压根儿就没吃过什么盐烤鲷鱼，不过嘛，这种时候必须装成喜出望外的样子。哎，真是太没意思了，其实我很痛苦啊！

"一听到盐烤鲷鱼，我就忍受不了啦。"也有人会这样说。这话确实不假，不过是另一种意义上的"忍受不了"。

其他客人不希望在此败下阵来，纷纷抢着说"我也要点，我也要点"，于是点一盘两日元的盐烤鲷鱼，这样一来，姑且可以凭它喝上一瓶。不过店主照旧不为所动，用沙哑的声音说："还有炖猪肉哟。"

"什么？炖猪肉？"老绅士莞尔一笑，"我一直等着这道菜呢。"但内心其实苦不堪言，因为老绅士最近牙很不好，咬不动猪肉。

"接下来是炖猪肉啊，不错不错，店主果真上道。"大家的阿谀奉承都那么愚蠢又显而易见，却没人愿意认输，争先恐后地点一盘两日元的、听上去极为可疑的炖猪肉。到了这会儿，也有囊中羞涩的落队之人，一边说着"我不吃炖猪肉"，一边完完全全意气消沉，用小得堪比六号活版字体的声音起身问道："一共多少钱？"

其他客人目送这位可怜的败北者退场，怀着愚蠢的优越感，情绪越发激动，甚至口出狂言，不能自已："啊啊，今天着实美餐了一顿。店主，还有没有别的好吃的？拜托再来一盘。"似乎已经不明白自己究竟是来喝酒的，还是来吃东西的。

酒可真是魔物。

（《现代文学》昭和十八年[①]一月号）

---

① 昭和十八年：1943年。

厚颜无耻

放心，我写的并非你的故事。说是最近，其实也是从去年秋天开始，我着手创作这部预估篇幅为三百页左右的小说《右大臣实朝①》，今年二月末，好不容易写到一百五十一页，但甚是疲累，便休息了两三日，而后怔怔地想着今年正月里，同舟桥先生约好要创作的短篇小说。我大约生来愚笨，在此期间，整个心思无法从《右大臣实朝》中抽离，又不具备那种能够快速转换心情、同时创作另一部小说的能耐，迷茫思索一番的结

---

① 右大臣实朝，即源实朝（1192—1219），镰仓幕府第三代征夷大将军，初代将军源赖朝和北条政子的次子，十二岁时在北条政子的主宰下即位为大将军，官至征夷大将军右大臣正二位左近卫大将、左马寮御监。1219年在参拜镰仓鹤冈八幡宫途中，被兄长源赖家之子源公晓所弑。源赖家（1182—1204），镰仓幕府第二代将军。

果是,果然目前只能创作《右大臣实朝》,除此之外,别无可写。其实,关于"实朝"这个人,我原本就打算以那三百页稿纸来写,而现在就以那部未完稿的三百页小说《右大臣实朝》为中心,再写三十页别的内容。好像也只能这么做了。至于这一点,我也考虑过很多,担心它会不会变成一篇故弄玄虚地宣传拙作的文章。我想无论是谁,定然都会产生同我一样的看法。对自己的作品盲目吹捧,简直就像一个人明明其貌不扬,却莫名其妙地自以为好看,仿佛确有其事似的解释给别人听,狂妄的态度委实令人恶心。因此,即便出版社编辑命令我在自己的书里写"前言"或"后记",即便我再怎么自傲,却也不敢下笔。本来,我的小说既幼稚又拙劣,连自己看了都无言以对,更别提宣传它,这类事我想都没想过。不过,倘若现在要谈一谈创作中的小说《右大臣实朝》,那么且不论作者的真意如何,就结果来看,都会变成狡猾的自吹自擂吧。以电影比喻,这三十页稿纸大概相当于预告片,其用意很容易被识破。哪怕害羞低头,佯装谦逊,乡巴佬仍旧厚颜无耻,本以为他在"预告片"里要说什么,没想到竟是创作的苦心谈。苦心谈,真是让人受不了呢。听说最近那家伙正经起来了,好像赚了不少钱,正努力地钻研学问,还说喝酒很无趣,甚至蓄起了胡子,这些传闻都是假的吧?总之,苦心谈之类的太让人惊讶。倘若观众仔细聆听,其结果便是心绪一下子不再平静,而作者也会不知所措。这样看来,不妨将这篇作品命名为《厚颜无耻》吧。反正我的脸皮本来就很厚。

我在稿纸上写出大大的"厚颜无耻"后,心情多少平静下来。孩提时代,我很喜欢怪谈故事,尽管因为情节太恐怖而吓得嘤嘤哭泣,却也继续读了下去,不会扔掉怪谈书册。后来,我甚至从玩具箱里取出赤鬼面具,戴着它继续读。此刻的心情同那时很是相似。因为太过恐惧,导致思维发生奇妙的颠倒错乱。"厚颜无耻"。戴上这副面具的话,我就安心多了,并无什么好怕。"厚颜无耻",我凝视着这四个字,觉得它们被堂而皇之地磨成了闪耀着黑光的铁质面具。坚实如钢铁,是纯粹的男性阳刚。或许厚颜无耻正是男子的美德。总而言之,这个词并不低俗下流。假如戴上这副坚实的铁质面具,以含糊不清的声音谈论所谓的创作苦心谈,或许会听见意外庄重的回音,免于被人嘲笑,于是如我这般小心翼翼、无比怯懦的愚蠢作者,不由得颔首赞同上述做法。

从昭和十一年[①]十月十三日到同年十一月十二日的一个月里,每日我都在昏暗的病房里哭泣着度过。那个月的日记,作为小说发表在某本文艺杂志上。由于是一部形式任性的作品,似乎给编辑造成相当大的困扰。作品名为 *HUMAN LOST*(意为

[①] 昭和十一年:1936年。

"人间失格"①），虽然现在变成不吉利的敌国语言，但它其实是我模仿 PARADISE LOST（《失乐园》②）、以"人间失格"的心境写下的。这部日记形式的小说里，在"十一月一日"的部分，有段文字是这样的：

> 难忘实朝。
>
> 伊豆的大海卷起白浪。
>
> 盐花飘零。
>
> 芒草摇曳。
>
> 蜜柑田。

痛苦时，我一定会想起实朝。我始终希望在有生之年能够写一写实朝。我终究活了下来，今年三十五岁了。差不多是时候写写他，可若只能写出装腔作势、空洞华丽的辞藻，就太无趣了。书写实朝，是我年少时怀抱的心愿。如今这一朝思暮想的愿望似乎即将实现，我想自己姑且算是幸福的男人，感激得想向天神与观音菩萨叩拜致谢。毕竟那位阿光③到头来可是空欢喜

---

① 人间失格：指丧失为人的资格。《人间失格》也是太宰治于1948年创作的半自传体小说之题。

② 《失乐园》：英国诗人约翰·弥尔顿（1608—1674）的代表作。

③ 阿光：人形净琉璃新版歌祭文"野崎村之段"中登场的女性角色。

一场，加之世事难料，所以当我终于将实朝的故事写到稿纸的第一百五十一页时，不由得欢欣雀跃，这可不行，我必须谨慎行事。接下来才是最重要的。我想，待我写完这部短篇小说，又会立刻提起沉重的行李箱出去旅行，继续完成那项工作。哎，果然我还是把眼下的短篇写成了小学生去远足之际兴高采烈般的文章了。人的一生能因工作感觉快乐的时期并不常有，所以这篇令人开心却浮躁的文章也别消抹去，就这么保留下来当作纪念吧。

右大臣实朝。

承元二年①戊辰。二月小。三日，癸卯，晴，鹤岳宫照例举办御神乐庆典，将军罹患天花不得前往，遂派前大膳大夫广元朝臣御史代为祭神，御台所亦出席。十日，庚戌，将军身染天花，心神烦忧，故由近国之家人出席。二十九日，己巳，降雨，将军病愈，沐浴。

(节选自《吾妻镜》②，下同)

关于你问起的镰仓右大臣，我且将自己的所见所闻，不加伪饰地讲给你听。

---

① 承元二年：1208年。
② 《吾妻镜》：记录镰仓幕府历史的编年体史书，是日本最初的武家记录，又称《东鉴》，全52卷，成书于13世纪末—14世纪初。

这便是我那部小说开头第一页所写的。在这里引用自己的文章,未免太过怪异,这般照抄自己的文章,有一种乳臭未干炫耀才学的感觉,着实令人难以容忍。不过我觉得,这种时候偏偏需要戴上厚颜无耻的面具,抄得若无其事。说不定我这张厚颜无耻的面具是货真价实的。艺术家本来就厚颜无耻,喜欢装模作样,连夏目漱石也是,一把年纪了还捻着胡须,煞有介事地写着:"我是猫,尚无姓名。"①别的艺术家更别提了,反正都不正经。贤者通常会避开此道。顺便一说,《徒然草》②里曾提到,模仿傻瓜的人是傻瓜;模仿疯子爬上电线杆的人是疯子;模仿圣人贤者,一脸得意、双手交叉于胸前的人,果然是真正的圣人贤者。虽说书里写的都是诸如此类让人不悦之事,但这样看来,模仿外遇的人,果然是在搞外遇;奇妙地装出学者模样的人,果然是真正的学者;模仿醉酒乱性的人,是真正的醉酒乱性;假扮艺术家的人,是真正的艺术家;大石良雄③借酒装疯的模样也是真的;还有,提倡笑谈严肃话题之类观点的哲学家尼采,一面笑着一面开玩笑般说正经事,也是喜爱胡

---

① 出自日本作家夏目漱石(1867—1916)代表作《我是猫》。

② 《徒然草》:歌人吉田兼好(1283—1350)写于日本南北朝时期(约在1336年—1392年间,广义上被纳入室町幕府时代)的随笔集,抒发人生慨叹和杂感,与《枕草子》并称日本随笔文学的双璧。

③ 大石良雄(1659—1703):江户时代初期武士,以忠诚地为主复仇之举闻名于世。

闹之人。照此来看，假装厚颜无耻的愚蠢作者，其实没什么问题，只是个厚颜无耻的愚蠢作者而已。真是直截了当到令人扫兴的话，让人感觉像被脱光衣服赤身裸体一般，然而，这也是不容小觑的言论。我想花更长的时间思索这番言论。只是，唯独小说家是恬不知耻的愚者，这件事想都不用想，绝对不会有人反对。去年年末，远在故乡的母亲过世，暌违十年，我再次回到故乡，记住了一则教训。那日，生活在故乡的长兄对我大声训斥："你到死都没出息！"

我嬉皮笑脸地说："哥哥，虽然我现在看似很没出息，但是，再过五年，不，再过十年吧，我觉得，十年后自己一定能写出一篇让大哥肯定我的东西。"

长兄眼睛瞪得圆圆的："你对着外面的人，也总是说这种傻话吗？算了吧你，丢不丢脸啊？你一辈子都没出息，无论怎么样都没出息。五年？十年？想让我肯定你？放弃吧，放弃吧，别想那些有的没的了。你到死都不会有出息。我可以保证。你好好记住我的话！"

"可是，"可是什么？被骂得一无是处，我却完全无所谓似的咧嘴傻笑，像个被踢开还死死抱住对方腿的女人，"这样人家不就失去希望了？"我用分不清是男人腔调还是女人腔调的语气说，"人家到底该怎么办才好？"我曾在水上温泉看过"宝船"剧团在乡下巡回演出时的一场戏。那时，有个额头很窄的小生,站在舞台边垂头丧气地说:"人家到底该怎么办才好?"这场戏的标题让人实难接受,叫作《血染的名月》。

长兄不知道如何接话才好,心情烦躁起来。

"那就什么都别写,什么都不要写。我的话到此为止。"说完站起身。

长兄的训斥非常见效,我因此开拓了眼界。即便在数百年、数千年后,依然能够名垂青史的人物,一定是我们难以揣想的拥有神的品格之人。看到羽左卫门饰演的义经,会在心底勾勒出温柔白皙的义经画像;看到阪东妻三郎扮演的织田信长,会被他嘶哑的嗓音震住,宛如信长本来就这样。或许历史上的信长不是这样,也或许就是这样。最近一段时间,历史小说甚为流行,我尝试着快速读完两三部,惊异地发现羽左、阪妻①非常活跃,仿佛要借演戏决出胜负。羽左、阪妻的活跃,不仅是外形华丽抢眼,若将其看作一种新式讲谈,还具备讲谈作品应有的异想天开,读来觉得很是有趣,然而,若是为了让角色富有深邃的人情味,把楠木正成②说成无比寂寞的人,把御前会议写得犹如同人杂志召开评论会,充斥着吵闹不休与怨怼憎恨,就不大适当了。也许这是因为作者从自身琐碎的日常生活进行揣

---

① 阪妻:对阪东妻三郎的略称。
② 楠木正成(约1294—1336):镰仓幕府末期到南北朝时期著名武将。

测,以此描写加藤清正①或小西行长②,从而塑造出心灵纤细的英雄豪杰形象,甚至把加藤与小西写得如同运动选手般咋咋呼呼,每到夜晚就会感叹寂寞。这类历史小说,若当成滑稽小说或讽刺小说随意看看,倒也别有情趣,作者却格外用力,希望写得极有深度,反倒让读者感觉故事莫名其妙。就旨趣而言,也是很拙劣的旨趣。我很早以前就曾思索,是否必须把历史大人物与作者之间的差距拉开千里万里,那时长兄训斥道:"千里万里也不够。那是白虎和瓢虫,不,是龙和孑孓的差距,根本不能相提并论。"记得某位通俗作家说,这次打算与德川家康③合作一部巨著。"你在胡说什么?就算合作也写不出来的。你知道自己有几两重吗?快去称一称吧,你到死都会没出息,我可以保证。给我好好记住这句话。"我模仿着长兄的语气,把根本只存在于想象中的通俗作家拎出来骂了一顿,感到心里畅快许多。看看,我这个三十五岁的男人,简直是日本第一号大笨蛋。

(前略)从那位大人所处的环境推测,他大约是个喃喃自

---

① 加藤清正(1562—1611):安土桃山时代、江户时代武将、大名。
② 小西行长(约1555—1600):安土桃山时代后期武将。
③ 德川家康(约1543—1616):日本战国时代、安土桃山时代三河国大名,江户幕府第一代征夷大将军。

语着厌世、自暴自弃、超然于红尘之人,可在我眼里,他总是那么惬意悠闲,甚至曾纵声大笑。从环境推测,他可能吃了不少苦,即便予以同情,看到他活得那般乐观自在,反倒会大吃一惊,这其实是世上常有之事。作为旁观者,我们目睹了他的日常生活,觉得并不是那么暗淡阴沉。我到将军府是十二岁那年的正月,问注所①的入道大人在名越的宅邸遭遇火事是在正月十六日,那之后过了三日,父亲带我来到将军府,开始近身侍奉将军。当时那场大火,把将军交给入道大人保管的贵重文书全部烧成灰烬,入道大人来到将军府,只是呆呆地站在那里,泪流不止。我看到他的模样,没有忍住窃笑,而后惊觉失礼,立刻调整情绪,悄悄去看将军的脸,只见将军飞快地看了我一眼,对我莞尔一笑,仿佛那些贵重的文书烧掉就烧掉了,没什么可担忧的。他神情轻松,和我一道兴味盎然地打量着入道大人愁叹不已的模样。那时,我便将他视若神明,打从心底尊敬他,死也不愿离开这位大人身侧。他与我们这种人有着云泥之别,出身与经历截然不同。倘若以我们浅薄庸俗的心思来揣度这位大人,定会犯下离谱的错误。说什么众生平等,真是无知又自以为是的想法,令人恼恨。上面那桩事发生在他刚满十七岁那年。那时的他已长得身形健硕,即便只是敛眉垂眸、

---

① 问注所:镰仓幕府、室町幕府时代的诉讼机构之一,长官称为执事。

气定神闲地坐在那里,看上去也比将军府里任何一位老人更明白事理,更成熟稳重。

"年纪既长,每逢岁暮,唯觉孤独。"

那时,他已能作出此类和歌。虽说天赋异禀,但面对此情此景,我们当真只能感叹不可思议。(后略)

抄录太多小说里的情节,或许会被出版社责骂。这部作品的文字应该可以控制在三百页稿纸之内,不会在杂志上连载,而由出版社直接发行单行本。由于我预支了一部分稿费,这部小说稿其实已经不属于我个人,但从三百页里抄录五六页,我想应该不至于是重罪吧。若要交给杂志连载,这种抄录是不被容许的罪行。既然三百页要一次发行为单行本,那这区区五六页就请笑着原谅我吧。不,上面这些话我其实不敢说,我恳请出版社宽恕。反正形如电影的预告片,以结果来说,犹如为原作做宣传,我想出版社也不会锱铢必较。好了,既然已经如此小心翼翼、战战兢兢、卑鄙无耻地为自己辩解了一番,那就戴上厚颜无耻的铁质面具,接着刚才抄录了两页半的内容,容我继续抄两页吧。

(前略)我初到将军府侍奉,是个年仅十二岁的孩童,一味感到害怕(中略)。现在我来谈一谈那些年的往事吧。二月初,将军发了烧,六日夜间病情恶化,十日病笃,而过了这道关卡,后面的日子如同薄纸般一张张撕去,将军的病情也渐渐好转。我清晰地记得二十三日午后,已出家为尼的大御台所[①]夫人带着御台所夫人来将军的寝殿探病。那时我也蜷缩着身子,恭谨地侍在寝殿一角。大御台所夫人一直跪坐在将军枕边,定定地凝视着将军的脸,然后语调平静、犹如谈论天气般说:"我想再看一看你从前的脸——"即便我只是个小孩,听了这句话,心底也蓦然涌上一阵悲戚。御台所夫人则难以忍受地伏倒在地,哀哀哭泣。大御台所夫人依然没有移开视线,看着将军的脸,继续平静地问:"这个心愿,你知道吗?"将军脸上残留着天花褪去后的痕迹,面容变得丑陋。身边的人平日里都装作没察觉,大御台所夫人却若无其事地说了出来,我们大惊失色,险些吓晕过去。那时,将军却微微点头,露出雪白的牙齿,笑着说:"您很快就会习惯的。"

这句话真是难能可贵。他果然是出类拔萃、与众不同的人物。自那以后过去三十年,我也已经四十多岁。不知为何,他那种澄明豁达的心境,无论我三十岁抑或四十岁,不不,即便再用几十年修行,也是无法企及的。(后略)

[①] 大御台所:御台所是古代日本对大臣和将军正妻的称呼。大御台所指先代将军的正妻。镰仓幕府初代将军源赖朝之妻北条政子是第一位被称为御台所的将军正妻。

并不是这一段情节很感人,我才特别抄录于此。我只想让大家知道,自己便是以这种感觉在创作。实朝的近侍在实朝过世之际出家为僧,隐居深山。这部小说,讲的是主人公前去探访住在深山的实朝将军的近侍,听他回忆了许多实朝的往事后开始提笔创作。史实大抵参考《吾妻镜》。由于不能胡乱编撰,我撷取了些许《吾妻镜》的文本,穿插在小说的重要环节。故事未必同《吾妻镜》的文本一致。撷取时我会两相比较,做一些颇有趣味的铺排。哎,这么一看,这则"广告"的用意比马路边摆摊卖药的小贩的吆喝更露骨。算了,别说下去了,我的铁质面具都在发热。谈谈别的事吧。

说起来,D这家伙还真敢写啊。两三年前遇到他时,他明明连足利时代[①]与桃山时代[②]哪个在前哪个在后都分不清,连自己也感觉狼狈不堪,这回竟然写了实朝?所以说,这个世道真的太可怕了,什么跟什么啊,简直莫名其妙。D还说,写实朝是他年少时就怀抱的心愿。真是让人不寒而栗。哎呀,这人是不是脑子坏掉了?还有,他说自己戒了酒,正用功读书,都是骗

[①] 足利时代:足利氏是日本历史上活跃于平安时代(794—1192)至室町幕府时代(1336—1573)的武家,出自清河源氏义家流。至镰仓幕府(1192—1333)末期,宗家当主足利尊氏拥立北朝的光明天皇,并开创室町幕府,足利氏当主开始世代担任征夷大将军一职,成为日本实质上的统治者。

[②] 桃山时代:约在1585年—1603年间,是日本战国时代大名丰臣秀吉(1537—1598)一统天下的时期,上承战国时代,下启江户时代。

人的哟。我看他是买了一本儿童绘本《源实朝大人》回家，窝在被炉里，一边喝着配给的烧酒，一边用红色铅笔看似仔细地勾画着绘本里的注解吧。啊，我的脑海里已经浮现出他那副样子了。

最近，我认为即便每个人都彻彻底底地瞧不起我，也是理所应当的。艺术家就该遭人如此对待。我丝毫没有感受到一丁点生而为人的伟大。伟大的人物能够清楚表达自身的意志，绝不会认输，也不会失败。而我总是言辞含糊，为自己招来严重的误解，输得一败涂地，夜深人静时躺在床上后悔不已，想着"啊啊，要是那时候改口这么说就好了"，或者"糟糕，要是那时候潇洒离开就好了，现在可真是糟糕透顶啊"。于是思绪万千，辗转反侧。这副模样别说伟大，简直是最劣等的失败者。

前几日也一样，我对某个尚且年少的友人说了一段话。我说，你似乎认为自己拥有优点，可是那些名垂青史的人，在你这个年纪已经阅过万卷书，而且那万卷书不是写猿飞佐助[①]、鼠小僧[②]的，也不是什么侦探小说、恋爱小说，而是连那个时代

[①] 猿飞佐助：传说中的日本战国时代忍者，名将真田幸村（1567—1615）家臣，为"真田十勇士"之一。

[②] 鼠小僧（约1795—1832）：江户末期盗贼，名次郎吉，动作敏捷如鼠，专盗武家宅第，劫富济贫。

的学者都没读过的书。就这点来看，你已经不合格了。此外，伟人的腕力出类拔萃，无一例外，但他们绝不会夸耀自己有多强。听说你是剑道二段吧，但你有个习惯，喝了酒就要找我比试腕力，那种行为实在太丢脸。没有一个伟人会那样做。名人或高手，大多外表柔弱，实则相当镇定。就这点而言，你也完全不合格。还有，你中学时代有过不太自然的行为吧，那也已然让你出局，伟人终生不与那种事沾边。身为一个男人，这比让他去死更耻辱。再有，伟人也不会一个劲地悲秋伤春，寂寞落泪，他们没有多余的感伤，能够心平气和地忍受孤独。哪会像你，只是被父亲训斥一下，就找朋友倾诉自己的孤独苦闷。连女人都比你更有忍受孤独的能力。有句话不是说"女人三界无家"吗？即便是她们自己出生的家，也迟早会因出嫁而离开，所以女人生活在父母家时，只是所谓的"寄居"。嫁人之后，若言行举止不合夫家的家风，可能被休掉，一旦被休掉，她的命运便会很悲惨，从此走投无路。而就算没有被休掉，若是丈夫死了，她的人生会变成什么样呢？假如育有小孩，或许她可以等小孩长大后，去他们的家里受其照顾，但那不是她自己的家，她也是在寄居。然而，即便是"三界无家"的女人，也不会悲叹自己的孤独，还是日日忙碌着针线活、洗衣服，到了夜里，在"他人"的家里酣然入梦，真是心胸开阔。你看你，连女人都比不上，是最下等的人。你和我同属一个等级。

活在眼下这个时代，就必须清楚认识到自己与伟人之间存在怎样的差距。不知为何，我的观点就是如此。

以上是我笑眯眯地给自诩天才诗人的朋友的忠告。最近一旦有事发生，我就清楚意识到自己多没出息，感觉扫兴，便神情严肃地说教起来。我想沉默地像虫子般努力学习，这种有些难为情又值得嘉许的心情，完全来自上述意识。前几日，参加后备军人的分会检阅时，我戴着战斗帽，小腿上裹着绑腿，在五百号人里，我的动作最为笨拙扎眼，连半蹲下身、右腿单膝着地的姿势都做不好，被分会长一顿训斥，感到沮丧极了。我很想说，尽管我在这里如此差劲，然而到了外面，却是相当出色的男人。可我终究缄口不言，怒目瞪视着分会长。这种无言的抗议完全没有奏效，反倒像是精疲力竭地乞求对方怜悯。

我是后备国民兵，而且身体素质属于丙等，原本无须参加那场检阅。我是在班长的建议下参加的。服装这种东西着实诡异。只要穿上后备国民兵的衣服，任何人都会彻底变成后备国民兵的样子，职业、年龄、知识、财产似乎全部消失，无论医生、工匠，抑或董事、理发师，从外表来看都是相同年龄、相同资格的后备国民兵。有人说，即便穿着寒酸，一个人应有的品格气度是不会受到影响显得卑微下作的，反倒会被视作不同凡响。诸如此类的情况，我认为发生在讲谈①说书里。要知道，一旦穿上后备国民兵的服装，那么无论哪个人，都只是一介后备国民兵，这里军纪严明，哪怕衣衫褴褛，也不能对长官态度傲慢。那一日，我完全是一名后备国民兵，除此以外什么都不是。而且，我这个兵士动作颇为拙劣。由于我一人的失败，给所在的整个小队带来极大困扰。我就是如此丢脸。不过，后来又发生了一件猝不及防的事。检阅完毕后，担任检阅官的老少校点评道："今日诸君成绩良好。"接着，他高声说："最后，我想告诉诸君，有一位同志，原本没有被召集前来今日的检阅，他却主动参加，令人感动，实为美谈。其心可嘉，其志可赞。当然，我也即刻会将此事呈报上级。现在我要唤出他的名字。这位同志，请以在场五百同伴皆能听到的声音，口齿清晰地大声回答。"

原来还真有如此奇特的人，他究竟是在什么样的环境下被培养成人的？我正兀自思忖之际，自己的名字被叫响了。

"啊到……"喉咙里有痰，回答时我的声音便透出怪异的嘶哑。别说五百人，我怀疑有没有十个人听到。总之我答得有气无力。这是弄错了吧？再度思索一番，我觉得会被点名也并非毫无根据。虽然我身体不好，又是丙等体质，可我们班人数太

---

① 讲谈：日本大众说唱艺术的一种。

少,我是听完住在我家附近的班长的建议,才跑来参加的。明明就人数来看,堪称聊胜于无,却万万没想到是如此值得嘉许的善行。总觉得我的行为好像欺骗了大家,卑鄙无耻至极。检阅结束后,回家路上,我惭愧得不敢看任何人,避开大路,低着头快步抄了人少的田间小道回去。那晚,和家人一起喝配给的五合酒,我的心沉甸甸的。

"你今晚特别沉默呢。"

"我要努力学习。"

记得在某次新闻座谈会上,有位勇士说,背着降落伞唰地一下降落在草原时,觉得周围静悄悄的,"啊,这里只有我一人"。所以你看,即便是勇士,也会在这种时刻感到孤独。那一晚,我喝着配给的五合酒,深切品味到与之类似的宛如置身古井底处的孤独。一个动作极为笨拙的、提心吊胆的三十五岁老兵,竟被视作分会的模范获得嘉许,这是多么令人痛苦的事。哪怕我脸皮再厚,写到这里,也不得不扔下笔,以手覆面。

(前略)时光飞逝,到了建历元年[①],那孩子已年满十二

---

① 建历元年:1211年。

岁，不久，在别当①定晓僧都②大人的房间举行落发仪式，定法名为公晓③。那日是九月十五日。落发仪式完毕后，大御台所夫人带着他参见将军。这是我初次见到这位年轻的禅师，一句话形容，他是非常平易可亲的人，身上具有某种因幼时尝尽人世辛酸而特有的磊落之感。笑颜里隐含卑屈胆怯。对身边之人小心谨慎地行礼致意时，他脸上便挂着这种羞涩的笑，极力展现出开朗天真的模样。这个年仅十二岁的孩子的态度落入眼中，让我不由得心生爱怜，随后心情黯淡。不愧是继承了源家直系血脉的孩子，长得颇为结实，虽然与将军厚重沉稳的面庞相比，他显得过于纤细清秀，却依然散发着贵公子独有的高雅气质。他撒娇般紧紧依偎在大御台所夫人身边，然后仰头看向将军，脸上始终带着柔和的笑。

大约是我多心，总觉得此时的将军心有不悦。他沉默片刻，如往常般微微弯身，垂下头，纹丝不动地坐着。不久，他抬起头，神情似乎有些抑郁。

"喜欢做学问吗？"他问出一个让人感到意外的问题。

---

① 别当：管辖大寺院、神官寺的僧官之一。
② 僧都：为统辖僧尼所设的僧官职，是仅次于僧正的第二高位的僧官。
③ 公晓（1200—1219）：镰仓幕府第二代将军源赖家第三子，幼名善哉，曾在镰仓鹤冈八幡宫出家修行，别当尊晓的弟子，法名公晓。1219年由于刺杀其叔父源实朝，被定罪处死。

"喜欢。"大御台所夫人代为回答,"他最近很听话,值得嘉许。"

"或许也是徒劳无功,然而,"将军再次垂下头,低声说,"唯有此道是活路。"

(《文学界》昭和十八年四月号)

作家的手帖

今年的七夕，与往年不同，我对这个节日感触特别深。七夕是女孩子的节日。平时女孩们学习如何使用织机，还有刺绣等针线活，然后在这一夜向织女星祈祷，愿自己的手更加灵巧。据说在中国，人们会于竹竿末端系上五色丝线，用以庆祝节日，而日本是将五彩色纸挂在青竹上，立在门口。竹子是刚从竹林砍下的，犹自缀着绿叶。系在青竹小枝上的色纸，往往以歪歪斜斜的字迹，写满女孩子隐秘的祈愿。

那是发生在七八年前的一桩旧事。我去了一趟上州的谷川温泉，那阵子恰好遭遇了各种痛苦之事，因此我在山上的温泉也坐立不安，茫然地走下山麓，来到水上町。过了桥进入镇里，发现整个小镇正在庆祝七夕节，赤色、黄色、绿色等五彩色纸在竹叶间翩然若飞。啊啊，大家都谨慎恭谦地活着呢。见此情景，我瞬间恢复了精神。那年的七夕，至今仍色泽浓郁、印象鲜明地刻在我的脑海。此后数年，我再也未曾见过七夕竹饰。不不，其实每年都能看到，但无论如何都觉得不能深入我心。不知什么缘故，今年三鹰町上随处立着的七夕竹饰令我格外在意，我想进一步了解七夕被赋予的意义，于是查了两三本辞典。然而不管哪一本，都只写着"祈求手艺更加灵巧的节日"。这点常识对我而言是远远不够的，我在孩提时代便听说，七夕有着另一个更为重要的意义，你瞧，这天晚上，牵牛星与织女星不是正在享受一年一次的幽会么？年幼时的我甚至想着，那些缀在青竹上的色纸吊饰，大约是对牵牛织女二人的祝福，愿他们欢度良宵；七夕本是人界祝贺天上的牵牛织女的节日，但后来渐渐被赋予新的意义，成为女孩子祈祷习字或针线手艺精进的夜晚，听说那些竹饰也因此变成祈愿的供品，这让我觉得有些怪异。女孩子真的很精明，凡事只为自己考虑，堪称精打细算，竟然计划在织女大人满心欢喜之际，要她聆听自己的愿望，实在太功利太狡猾。况且如此一来，织女星多么可怜。分明希望好好享受一年一度的幽会之夜，下界却吵吵嚷嚷，各种陈情纷至沓来，难得的一夜被搅得乱七八糟。不过，这晚对织女来说的确是美景良辰，没办法，少不得要倾听一下人界女孩的心愿了。女孩们则抓住织女的这个弱点，毫不客气地许下心愿。唉，女人在年幼之时已是这般厚颜无耻。反观男孩,他们从不做这种事,相当遵守礼节,不会在织女有些害羞的夜晚贪婪许愿。譬如我,从小就不敢在七夕之夜仰望天空,而是在自己小小的心中祈求着,"愿今夜无风无雨,愿您度过美好的一晚"。用望远镜眺望这对情侣一年一度的幽会,是非常失礼且露骨低级的行为。实在太难为情,我根本做不出来。

我一面思索旧事,一面走在七夕的街头,忽然想写一篇这样的小说,比如约定只在每年七夕的夜晚会面的尘世男女,或是有什么苦衷而分居的夫妻,七夕夜,在女方家的门口,立着系有五彩色纸的竹饰。

构思小说之际,我不由得感觉荒谬,并且产生了奇异的空想,与其写这种天真单纯的小说,不如实际尝试一番。就在今晚,接下来我要去哪个女人那儿玩,然后假装一无所知地回家,明年七夕又悠闲地跑去她那儿,仍旧假装一无所知地离开。就这样持续五六年,才对女人表明:"你知道每年我来找你的夜晚,是什么日子吗?"然后笑着告诉她,"是七夕呢。"如此一来,在她眼里我或许是个出乎意料的好男人也说不定。我认真地点头,就从今夜开始吧,然而随即发现,自己根本无处可去。因为我讨厌女人,所以熟人里没有一个是女人。不,或许正好相反,因为我连一个女人也不认识,所以才讨厌女人吧。总之,我想找个女人却想不出要找谁,这是不争的事实。我苦笑起来,发现一家荞麦面店的门口恰立着七夕竹饰。色纸上仿佛写着字。我驻足看了看，那是歪歪斜斜的女童的笔迹。

　　星星，请保佑日本。
　　我愿真诚效忠侍奉天皇。

　　我心下一惊。原来现在的女孩子，绝没有在七夕任性地许愿。眼前的祈愿相当纯洁。我一次又一次反复读色纸上的祷词，没法立即转身离开。我想，这个祈愿定能传达给织女。祈愿总是以恭谨虔诚为好。
　　自昭和十二年①起，七夕②这个节日也有了不同的意义。昭和十二年七月七日，回荡在卢沟桥上的那发枪声令人无从忘记，也击溃了我不切实际的空想，让它烟消云散。

　　在我的孩提时代，每当逢年过节，会有马戏团来镇上搭帐篷表演。这时，顽皮的小孩们迫不及待地冲过去，纷纷挤在那里，从帐篷的缝隙偷偷往里看。我不好意思地跟在这些小孩的后面，努力模仿他们粗鄙的行为。马戏团的人在帐篷里怒骂：

---

①　昭和十二年：1937年。
②　七夕：自明治时代起，日本七夕节均以公历七月七日为准。

"喂！"于是，孩子们"哇"地大叫着逃走了。我也学着他们，害羞地在"哇"的一声后赶紧逃跑。

马戏团的人追了上来："你不用跑，你可以进来。"说着，唯独抓住我抱起来，去帐篷里看马、熊和猴子。

可我一点儿也不开心。我想同那群顽皮的小孩一道被他们驱散。马戏团搭帐篷用的原木，可能是从我家借来的。我没法从帐篷里逃出来，因此闷闷不乐，默默地看着马和熊。帐篷外，又有顽皮的小孩悄悄过来，"哇哇"地喧哗着。"喂！"马戏团的人又开始怒斥，他们又"哇"的一声跑掉。这样真的很好玩，而我只能在帐篷里哭丧着脸看马。我无比羡慕那群顽皮的小孩，觉得只有自己置身地狱。有一次，我将这段往事告诉某位前辈。前辈说，这是我对民众的向往。只要我肯去尝试，总有一日，这个向往能够达成。而如今，我完全成为民众的一员，穿着卡其色长裤、开襟衬衫，混在产业战士①里，走在三鹰町的市街上，毫不引人注目。不过，果然一踏进酒馆我就原形毕露。产业战士泰然自若地喝着烧酒，而我会尽可能选择啤酒。

他们个个精神饱满，态度明显地冲着我大声说："喝啤酒装什么清高啊，那根本不管用，不是吗？"我只好躬着身，低头

---

① 产业战士：第二次世界大战期间，日本对本国劳动者的别称。

喝自己的啤酒。啤酒一点也不好喝。我想起小时候独自待在马戏团帐篷里的孤寂。我明明一直把你们看作朋友啊。

或许仅仅做朋友还不够，这其中必须有尊敬才行，我严肃地想。

从酒馆回家的路上，我在井之头公园的树林里遇见了两三位产业战士。其中一人忽然挡在我面前，言语客气地请我借他一点火。我感觉惶恐，递出自己刚开始抽的香烟。那个瞬间，我想到了很多。我是个极不擅长寒暄的男人。别人问我"お元気ですか"①，我大都支支吾吾，不知如何回答才算妥帖。"元气"一词指的是什么状态呢？我想，它是个意思含糊不清的词汇，所以这句寒暄，也是个难以回答的问题。翻翻辞典吧。上面说"元气"是一种支撑身体的气势，是精神活动的力量，是一切事物的根本之气，是健康结实、气场强大的状态。于是我又想，我现在有没有气势？可这个问题我实在回答不上来，必须交给神明处理。所以，当被若无其事地问到"お元気ですか"，我想回答得尽量恰当，却只能支支吾吾、语焉不详，"唔，还好，就这样吧""不过，嗯，大概就是如此吧"，或者"难道不是吗"，等等，最后全是些连自己也搞不懂的、莫名其妙的寒暄。我不擅长社交辞令。刚才的年轻人找我借点烟

---

① 日本寒暄用语，意为"你好吗"。

的火，而且过不了多久就会把我刚开始抽的香烟还回来。到那时，这位产业战士会跟我说"谢谢"吧。我向别人借火时，并不会扭捏纠结，而是直接说"谢谢"。这是理所当然的。我通常也比一般人更有礼貌，会摘掉帽子，弯下腰，郑重其事地道谢："非常感谢您。"因为多亏这人借我香烟引火，我才能抽上一根，这和所谓的一宿一饭的恩情是一个道理。然而若是我借火给别人，还真不知如何寒暄。世间没有比借火点烟更微不足道的事，它真的不值一提。我甚至觉得"借"这个字眼太过夸张。自己的所有权并没有蒙受损失，比让人暂用自家厕所轻松多了。可是，每当有人向我借火点烟时，我总是张皇失措。尤其对方摘下帽子，以非常恭谨的语气问我借火，我总会涨红了脸，竭力轻松地说："啊，请吧。"倘若我刚好坐在长椅上，就会立刻起身，唇角含笑，以对方容易接取的方式，捏着香烟的一端递给对方。假如我的烟已抽得太短，我会说："请直接点吧，点完后请扔掉它。"要是身上刚好带着两盒火柴，我会递给他一盒。即便只有一盒，若里面的火柴棒还有很多，我也会分一些给他。这时，即使他对我说："不好意思。"我也能沉着冷静地回答："不客气。"再看眼下，我不是给人一根火柴棒，只是把自己刚开始抽的香烟递给对方引火，琐碎平常得不值一提，而后对方可能会客气地跟我道谢，我却苦恼于如何应对，还可能慌乱得语无伦次。

此刻，我在井之头公园的树林里，一位青年颇为客气地找我借火点烟，明显是产业战士。方才我还在酒馆里严肃地思考，应该对这群人更加尊敬，他也正是当时酒馆里的产业战士之一。我想几秒钟后，他一定会客气地冲我道谢，说"谢谢你""不好意思"之类的话。我大约连"不胜惶恐"几个字都会说得磨磨蹭蹭，因为实在应付不来。当青年向我道谢，我该如何回应呢？各种寒暄的言辞像赛璐珞小风车，不停地在我的脑海中飞快旋转。当风车停转时，青年语调明朗地说："谢谢你！"

我也口齿清晰地回答："劳驾了。"

我搞不懂自己这话究竟是什么意思。说完，我对青年点头致意，走出五六步后，心情着实好得不得了，身体也一下子轻盈起来，真的神清气爽。回家后，我得意扬扬地将这件事告诉妻子，妻子说我莫名其妙。

我家院子的树篱下有一口井，是和后面的两户人家共用的。那两户人家都是产业战士之家。两家的太太也都三十五六岁，经常在井边清洗餐具，用尖锐的声调聊天。她俩会一直东拉西扯地不停说着。有时我索性将工作扔在一边，随意躺下来，有时我感到头疼。昨日午后，其中一家的太太独自在井边洗衣服，口中反反复复哼着同一句歌词：

> 我的妈妈,是温柔的妈妈。
>
> 我的妈妈,是温柔的妈妈。

她不厌其烦地唱着。我觉得很奇妙。这简直如同自吹自擂。这位太太有三个小孩。因为三个小孩都很仰慕她,她觉得很幸福,所以情不自禁地唱起了歌吧?又或者这位太太忆起了身在故乡的母亲?不,这怎么可能。有好一会儿,我都侧耳倾听她的歌声,然后我明白了。那位太太并没有想太多,就是在唱歌而已。听闻所有家务活中,最让女人感觉愉悦的是在夏天洗衣服。如此看来,那首歌里根本没有特别的寓意,她只是一心一意地享受着洗涤的乐趣,哪怕眼下大战进行得如火如荼。

(《文库》昭和十八年十月号)

佳日

这是一则由我这个愚笨作者吃力写下的小故事。希望它能成为喜讯，给眼下远离故土、参加战争的人们带来些许慰藉，请别担心留守故国的家人。

话说，大隅忠太郎君是我在大学的同窗，但他不像我这般丢脸地留级，顺利毕业后，在东京某家杂志社工作。人都有一些习惯，大隅的习惯是从学生时期就自以为了不起。这绝非出自大隅的本意，无非对外交往的习性，正如那些胆小怯懦、容易耽溺于感情的好绅士，走路时动辄挥动粗大结实的手杖一般。大隅并非粗人。他的父亲非常严厉，是朝鲜某大学的教授，他家算是洋派作风的家庭。由于大隅是独生子，故而备受宠爱。大约十年前，他的母亲过世，之后父亲凡事都让他随自己的心意去做。换句话说，大隅是在安稳优越的环境下长大成人的。

大学时代，他穿着天鹅绒领子的外套来学校，待人接物绝不粗俗，可在同学中风评不好，大家觉得他喜欢装出怪异的博学模样，自以为了不起。然而在我看来，这些背后说他坏话的人未必一语中的。事实上，和我们这些不努力的学生相比，大隅确实博闻强识。博闻强识之人，每逢有机会展露自己的学识储备，便会毫不保留地侃侃而谈，这是极其自然的，没什么好奇怪。我反倒觉得世人奇怪，某人只是展露了自己十分之一以上的知识储备，他们便指责那人爱装博学。那根本不是假装。事实是，那人确实了解某些知识，并自然地展露出来。况且人家的态度已经很谦逊，他真正知晓的远比口头表述的艰深五六倍，可人们往往只听十分之一多一点便皱起脸。大隅的态度也很谦逊，顾忌我们这些不努力的同学，很谨慎地没有将自己全部的学识予以公开，平日里交流，也只陈述十分之三，或者十分之四五六的程度，其余大部分知识都被他深藏于心。即便如此，周围的同学还是无言以对。此种情形下，大隅必然孤独。大学毕业后，大隅在杂志社工作也遇到同样的情况，大家对他敬而远之，有两三个心眼颇坏的同事，完全无视大隅的博学，几乎把体力活儿全推给他，大隅因此愤然辞职。大隅从来不是坏人，只是见识非常高。对于人们失礼至极的嘲笑，他无法容忍，无论何时，说话做事必定使人对他心服口服才罢休。而世人不可能那么轻易敬服他，因此大隅频繁调换工作。

"啊，我已经受够东京了，东京太煞风景。我想去北京，那座世界第一的古都。那座古都才适合我的性格，因为——"接下来，大隅开始对我条分缕析地陈述他大约十分之七的渊博知识，此后不久，果真飘然渡海去了中国。那时候，在日本国内与大隅继续交往的，只有我同其他两三位学友。无论哪一个都是大隅挑选的，他认为我们是最能理解他的人，也是世间最胆小怕事的男人。当时我二话不说地支持他去中国，不过内心多少有些忧虑，便支支吾吾给了他一些笨拙的忠告："去了马上回国就没有意义了，可是无论发生什么，千万不要吸鸦片。"他轻轻一笑，不，他确然对我说了"谢谢"。

大隅去中国的第五年，也即今年四月中旬，突然发回一封电报。

"汇上〇。请代为筹备聘礼与婚礼。明日离开北京。大隅忠太郎。"

同时，他还电汇来了一百日元。

他去中国已经五年。这五年间，我们保持频繁的书信来往。据他信上所言，古都北京与他的性格十分相称，去后不久，他便在北京的某家大公司谋到一份职位，并完全发挥出他的实力，非常积极地致力于促进东亚的永久和平。每当接到他如此自豪的来信，我便对他越发尊敬，可我依然拥有故乡母亲那般溺爱子女之心，一方面听闻他的远大抱负，为他高兴，另一方面却也忧心忡忡，总之他不要三天打鱼两天晒网就行，希望他能不厌其烦地长久坚持下去，保重身体，绝对不碰鸦片。因此，我在信里对他提及这些扫兴而现实的忧虑，他大约觉得很没意思，来信渐渐少了。

许是去年春天，山田勇吉来我家拜访。山田勇吉在丸之内的某家保险公司工作。他也是我们的大学同窗，比谁都怯懦，我们总爱拿他的烟抽。他不仅对大隅的博闻强识无条件服从，还很照顾他的日常生活。我尚未正式见过大隅那位严厉的父亲，只听说已完全谢顶，独子忠太郎俨然继承了父亲的这一特质，大学刚毕业，眼看着前额便秃了。随着年岁渐长，男人的前额变秃是理所当然的，无须大惊小怪，可大隅的秃顶明显比其他同学早很多，为此，早秃成为大隅郁郁寡欢的一个重要因素。有一次，为人体贴的山田勇吉看不下去，便认真建议他："听说将松叶扎成一束，去刺秃掉的部分，那里便能长出新的头发。"言罢反倒被大隅狠狠睨了一眼。

"我替大隅找到新娘了。"山田君久未造访我家，万分紧张地说。

"没问题吗？别看大隅那样子，他其实很挑剔的。"大隅在大学念的是美学专业，对美人的鉴赏标准很是苛刻。

"我把照片寄去北京给他看过。他回信说，一定要选这个姑娘。"山田从西装内侧的口袋里掏出大隅的回信,"不对,这封信不能给你看,这着实对不住大隅,再说信里也写了一些感伤、天真的事儿,请你多多体谅包涵。"

"那也很好,不如你来替他促成这桩婚事吧,如何?"

"我一个人可不行,希望你也来帮忙。待会儿我就代大隅前去女方家提亲,你这里有没有大隅最近的照片?我得把照片给对方看看。"

"最近大隅很少写信给我。我手头倒是有一两张三年前他从北京寄给我的照片。"

这两张照片,一张是他远眺紫禁城时的侧脸,一张是以碧云寺为背景,他站在那里,身穿中国服饰。我将两张照片一并交给山田。

"这个好,头发看起来也比较浓密。"山田首先注意到的是头发。

"不过,兴许是光线的折射,让头发看起来比较浓密。"我没什么信心。

"不不,没那回事。听说最近市面上已经开始贩售好药,是意大利制的特效药。说不定他在北京时也悄悄地用那种药。"

婚事似乎谈得很顺利。一切仰仗于山田的鞍前马后。然而去年秋天,山田写信告诉我:"在下罹患呼吸道疾病,接下来一年,打算回乡静养,大隅的婚事除了拜托你,别无他法,女方住址如左记,拜托跟他们联络。"信中全文便是如此。

我生性怯懦,要我张罗别人的婚事,简直让我惊恐万分。可大隅的朋友很少,倘若此刻我不接手,这样难得的一桩美事定会不了了之,思前想后,我写了一封信给远在北京的大隅。

"赐启。山田君因病返乡静养,须在下接手兄台之婚事。你向来知晓,在下极不擅长照顾别人,过着相当清寒的生活,诸般事宜无能为力。即便如此,在下仍期盼兄台拥有一桩幸福的婚姻,且关于此事,在下自认不落人后。今后有任何需求尽管告知。虽然在下懒惰不精,不会主动为他人操持,但交代吩咐之事,定会竭力完成。末笔,请保重身体,千万不要碰鸦片。"

我终究在信末加了一句不必要的忠告。我想,这封写给大隅的信,或许让他不大高兴,因此也没有回复我。我的确一直有些记挂此事,可若让我主动去张罗他人之事,我这种怯懦的性子又实在做不出来,于是这件事就这么搁置了。说起来,这次出乎我意料的是他忽然发来的那封电报和电汇。既然被拜托,我也必须有所行动。按照山田告诉我的住址,我给女方家发了一张快速寄达的明信片。

"近日,友人大隅忠太郎发来一封紧急电报,受他托付,将由我与您商讨聘礼及婚礼等诸般事宜。希望尽快拜访相商,不知您何时方便,若能随回函附上前往贵府的路线简图,则不胜感激。"

我格外紧张地写信寄出。收件人名为小坂吉之助。第二日,一位眼神锐利、气度高雅的老绅士造访了寒舍。

"我是小坂。"

"这是——"我大吃一惊,"本应由我前去拜访才对。啊,不,您好,这实在是……里面请,来,请进。"

小坂先生进到屋里,双手撑在我家肮脏不堪的榻榻米上,严肃地对我寒暄,脸上没有一丝笑意。

"大隅发了这样一封电报给我。"现在我只能一五一十地与他相谈婚事,"这里有个'汇上〇'吧?这个'〇',指的是一百日元。他的意思仿佛是将这笔钱作为聘金,要我交给您。不过因事发突然,具体状况我也不甚明了。"

"诚如你所说。因为山田先生返乡,我们也感到些许不安。去年年末,大隅先生曾直接给我们寄来书信,说由于种种原因,希望婚礼能延至今年四月举行,我们对他十分信任,所以等到现在。"

"信任"一词,奇异又强烈地回响在我耳边。

"这样啊,想必您也很担心。可是,大隅绝不是毫无责任感的男人。"

"是的,我明白,山田先生也如此保证。"

"我也能保证。"于是,我这个不靠谱的保证人,必须在后天把聘礼盛在原木台架上,送去小坂家。

小坂先生请我务必在正午时分前去他家。大隅似乎没有其他朋友,因此我必须代他去下聘。前一日,我专程跑去新宿的百货公司买了一套下聘用的常规物品,回家时顺道绕到书店,查阅《礼法全书》,了解下聘的礼仪与致辞等。当日,我穿上日式裤,把绣有家纹的羽织和白布短袜用包袱皮儿包起来,带着出了家门。我准备在小坂家的玄关处迅速换上羽织,爽快地脱掉蓝布短袜,整整洁洁地换上白布短袜,展现出自己端正体面的使者模样。然而我彻底失败。我搭乘电车,在省线的五反田车站下车后,按照小坂先生给的路线简图,走了约莫十丁的路,终于看见小坂家的门牌。那是一栋比我想象的还大出三倍以上的宅邸。那天很热,我擦掉汗水,端肃了仪容,穿过大门,四下打量,确定没有守门的凶犬,才按下玄关处的门铃。一位女侍前来迎接,对我说:"请进。"我走进玄关,只见小坂吉之助先生穿着家纹和服,将折扇立在膝盖处,肃然端坐于玄关的式台[①]上。

"不,等等。"我脱口而出这句莫名其妙的话,又将带来的

[①] 式台:玄关入口铺有木地板的部分,主人迎送客人之处。

包袱放在鞋柜上,迅速解开,取出家纹外褂,换掉身上的黑色羽织,到这一步尚且没有出现重大失误,可接下来便糟糕透顶了。我站在原地,脱掉蓝布短袜,正欲换上白布短袜,由于脚底出汗,无法迅速脱掉,干脆用力一扯,一时重心不稳,狼狈地踉跄了一下。

"啊,这个。"我果然再次说出莫名其妙的话,卑屈地笑着,盘腿坐在式台上,又是抚摸又是拉拽,犹如缓和慌乱的情绪似的,一点一点慢慢穿白布短袜,其间我用手帕擦了擦额上的汗水,再继续默默地穿。周围的气氛一片黯然,我甚至生出自暴自弃的念头,干脆光着脚走上式台,然后纵声大笑吧。可是,我身边的小坂先生正一脸肃然,始终保持威严地坐在那里。五分钟,十分钟,我持续着这场苦斗,终于将两只白布短袜都穿上了。

"来,请进。"小坂先生若无其事、极其沉稳地领着我进入里面的客间。小坂夫人似乎早已过世,家中诸事皆由小坂先生打理。

我为了穿白布短袜,已经把自己折磨得精疲力竭。尽管如此,我依然把带来的聘礼放在原木台架上,递了过去。

"这次,真的——"我背诵着从《礼法全书》里搬来的致辞,"请多多指教。"好不容易顺利地说完,眼前出现一位三十岁出头的美人,文静娴雅地向我行礼。

"初次见面,请多多指教。我是正子的姐姐。"

"啊,请多多指教。"我仓皇失措地回礼。接着,又出现一位三十岁左右的美人。这一位在寒暄时也说自己是姐姐。对着四面八方的人不停说"请多多指教,请多多指教",让我感觉自己实在很蠢,于是改口说:"请长久照顾指教。"

话音刚落,准新娘终于出现。她穿着绿色和服,神情羞涩地向我问候。这是我第一次见到正子小姐,她非常年轻,而且是位美人。想到友人的幸福,我微微一笑。

"啊,恭喜你。"现在是对好友的未婚妻讲话,我态度亲切,言辞也随意了些,"请多指教。"

姐姐们端来各种佳肴。一个约莫五岁的男孩黏在大姐身侧,二姐那年约三岁的女儿,正步伐蹒跚地跟着她。

"来,喝酒。"小坂先生为我斟了啤酒,"很抱歉,家里没人陪你畅饮——其实我年轻时也很能喝,现在完全不行了。"他笑着用手摸了摸秃得闪闪发亮的头顶。

"恕我失礼,您多大年纪?"

"已经过九了。"

"五十九?"

"不,六十九。"

"您真的很硬朗。第一次见到您时,我便这样觉得,请问您是武士家族出身吗?"

"不敢当。我的祖先是会津①藩士。"

"那您自幼修习剑术?"

"没有。"大姐沉静地笑着,向我劝酒道,"家父什么也不会。祖父会长枪——"说到这里,她欲言又止,似乎想避开自吹自擂。

"长枪。"我感觉紧张。我未曾对他人的财富或名声怀抱敬畏,可不知为何,唯独面对剑术高手时非常紧张,或许这是因为我比普通人更加怯懦。我默默对小坂一族心生尊敬。千万不可马虎大意,要是由着性子,说出蠢话,被怒斥"无礼之徒"就不妙了。毕竟对方是长枪名人的子孙。于是接下来,我明显变得寡言少语。

"来,请用。家里没什么好招待的,别客气,请多吃点。"小坂先生不停地劝菜,"来,斟酒。请好好喝一杯。来,请喝,好好地喝。"他竟然说"好好地喝",听起来感觉在训诫我,要像个男子汉一样郑重其事地喝酒。这或许是会津之国的方言,我却觉得不大自在。酒是好好喝了,却找不到话题。我对长枪名人的子孙极度在意,不由得动作僵硬,态度畏缩。

---

① 会津:原本从属于陆奥国(日本古代的令制国之一)的会津地区(现福岛县)是江户时代会津藩的核心领地,其下藩士的武艺流派相当繁杂。

"那张照片……"房间门框的横木上挂着一幅绅士的照片,他年约四十,穿着西装,"是哪位?"话一出口,我的心先凉了一半,生怕自己问了让人尴尬的问题。

"啊呀。"大姐的脸一红,"事先应该把它拿下来才对,今天这种大喜的日子……"

"没关系。"小坂先生回头瞥了一眼照片,"是我的大女婿。"

"过世了?"我心想一定是过世了,却莽撞地脱口问出,随即暗道糟糕,感觉狼狈。

"是啊,不过——"大姐垂下眼帘,"请您千万别介意。"她语气有些怪异,支支吾吾地说,"实在很……对不住……大家……"

"姐夫在世的话,想必今日也很高兴吧。"二姐从大姐的背后探出那张美丽的笑颜道,"很不巧,我家外子也不在,在出差。"

"出差?"我整个人茫然无措。

"是啊,他出差很久了。每次写信回来,一点都不关心我和孩子,只会问院子里的花花草草长得怎么样。"二姐说着,和大姐一起笑了。

"因为他喜欢庭院的花花草草啊。"小坂先生苦笑道,"来,喝啤酒,好好地喝。"

接下来,我只是好好地喝着啤酒。我是多么愚蠢的男人,人家明明是在谈论"牺牲"与"出征"。

那一日,我和小坂先生谈妥了婚礼的日期。无须翻查日历寻找所谓的"佛灭"或"大安"等黄道吉日,直接定为四月二十九日。没有比这一天更适宜的日子了。地点选在小坂先生宅邸附近的一家中国餐厅,因为这家餐厅拥有日式神前婚礼所需要的各种设备。总之,相关事宜我都交给小坂先生打理。至于媒人,我想请从前在大学里教过我们东洋美术史、曾为大隅介绍工作的濑川老师来担任。当我吞吞吐吐提出这个建议时,小坂先生一家欣然应允。

"若是濑川老师,大隅应该无可挑剔。不过濑川老师是很难取悦的,不知他会不会应承此事。总之我今天就去拜访老师,恳请他允诺。"

趁着没有遭遇重大失败,赶紧告辞才是明智之举。我这个思虑谨慎的下聘使者,一边念叨着"我已经酩酊大醉,真的是酩酊大醉",一边用包袱皮儿包起家纹羽织与白布短袜,总算平安离开了会津藩士的宅邸,然而我的任务尚未结束。

我在五反田车站前打了公用电话,询问濑川老师的日程安排。去年春天,老师和同系的年轻教授意见不合,遭到难以容忍的侮辱,愤然辞去大学的教职,如今在牛込的自家宅邸,过着晴耕雨读般悠然自适的生活。虽说我从前是个很不努力的学生，却对濑川老师毫无矫饰的人格人品深感敬服，所以唯独这位老师的课，我尽量出席，有两三次还跑去他的研究室，问了一些离谱愚蠢的问题，听得老师目瞪口呆。后来，我将自己薄薄的作品集寄给他，他回信激励我道："迟钝更应自重，有志者事竟成。"看了这张短短的信笺，我更加清楚在老师眼里，自己是个多么愚笨且没有出息的男人。我既感谢老师的鞭策，又不免深深苦笑。不过既然被老师认为是没出息的人，我反倒轻松了。倘若被濑川老师这样的人物看作大有前途之人，我反倒会拘谨得受不了吧。我一贯被他人贴上"没出息"的标签，对老师也无须装模作样，反而随心所欲地行事。那一日，我造访了久违的老师家，向老师报告大隅的婚事，顺便毫不客气地请他做媒。老师听罢转过头去，默默思考片刻，终于勉强应了下来。我松了口气。这样就没问题了。

"谢谢老师。毕竟听说新娘的爷爷是长枪名人，大隅也不能轻率以对。这一点请老师提醒大隅，那家伙实在粗心大意。"

"这点不用担心吧。武家的女儿反而很尊敬男人。"老师认真地说，"倒是那件事如何？听说大隅的头几乎全秃了？"

果然对老师而言，最在意的还是大隅的秃顶。真是师恩比海深，我几乎感激涕零。

"我想大约不要紧吧。我看过他从北京寄回的照片，并没有恶化。而且听说现在有一种意大利的特效药，更何况女方父亲小坂吉之助先生，头顶更是——"

"年纪大了自然会秃顶。"老师忧郁地说。他也饱受秃顶之苦。

数日后，大隅忠太郎提着一只折叠式公文包，不慌不忙地出现在我这间位于三鹰的陋室的玄关口。为了迎娶新娘，他不远万里从北京赶回来，脸晒得黝黑，很是精悍，俨然一张久经风雨、历尽生活艰辛的面孔。这是无可奈何的，毕竟谁也无法永远做气度高雅的少爷。他的头发似乎比从前浓密了些，我想这样一来，濑川老师也能放心了吧。

"恭喜你。"我笑着道。

"啊，这次辛苦你了。"北京来的新郎大方地说。

"要不要换上棉袍？"

"嗯，借我穿。"新郎松开领带道，"你有没有新的短裤？顺便借我一条。"不知何时，他甚至学会了这种豪迈的说话风格。这种大大咧咧的说话态度，反倒为他增添了男子汉气概，看起来很可靠。

不一会儿，我们出发去公共澡堂。天气晴好。大隅仰望着湛蓝的天空说："东京还真是悠闲啊。"

"是吗？"

"很悠闲。北京完全不是这样。"我似乎正代表全体东京人被他斥责。忽然，我很想对这位来自北京的"客人"说明一点，尽管在旅行者看来的确悠闲，但其实东京人民都在拼命而努力地生活。

最终，我出口的话变成"可能有些地方不够紧张吧"，和我想说的刚好相反。因为我这个人不喜欢争论。

"确实。"大隅昂然地说。

从公共澡堂回来，吃了顿时间偏早的晚餐。酒也出现在桌上。

"还有酒啊，"大隅喝着酒，语带训诫地对我说，"而且菜也有这么多。你们的生活太美好了。"

由于大隅要从北京来，内子从四五日前开始，一点一点买回蔬菜鱼肉等，甚至去派出所办理了应急米的手续。酒也是早晨到住在世田谷那边的姐姐那儿要来的配给酒。可是，倘若说出这些实情，客人心里会不自在。大隅计划在我家留宿一周，直到婚礼当日。所以尽管他斥责了我，我也只是一笑置之。时隔五年回到东京，想必他很是兴奋。这次他丝毫没有提及结婚，以演讲的语气，一个劲地冲我分析世界各国的情势。啊啊，可是人不该展露自己十分之一以上的知识。事实上，我这个住在东京的庸俗友人，听来自北京的朋友头头是道地解说着时事，多少感觉无言以对。我只是个听信新闻报道、不打算知晓更多情况的极其平凡的国民。可是，对大隅而言，当看到这个阔别五年的东京友人一如既往的迂腐温暾，或许忍不住想要说教一番，热心训诫我们如今的生活态度。

"你累了吧，要不要睡了？"趁他畅谈旅途见闻的间隙，我及时插话。

"好，睡觉。把晚报放在我枕边。"

第二日清晨，我九点起床。通常我都在八点以前起床，但昨晚陪大隅聊天，今早便稍微睡过了头。大隅迟迟没有起来。十点多钟，我决定先叠好自己的被子。

大隅躺在床上，斜眼看着我咋咋呼呼跑来跑去，说："你变成了举止轻佻的男人哪。"说完又把被子盖在头上。

那日，我要带着大隅造访小坂家。大隅和小坂先生的千金一次也未见过，仅靠彼此的家谱与照片，以及在其间牵线的山田勇吉的证言，便缔结了这桩姻缘。毕竟两人隔着北京与东京之间的距离。大隅平日忙得分身乏术，不能为了一次相亲跑回东京。因此，今日是两人第一次相见。这或许是人一生中最为重要的日子，然而大隅始终泰然自若。到了十一点左右，大隅终于睡醒，问我有没有报纸，然后趴在床上仔细读晨报。读完后，他去檐廊上抽中国产的香烟。

"你不用刮胡子吗？"我从早上起就焦灼不安。

"没那个必要吧。"他却意外地潇洒,宛如轻视我这不上台面的小家子心境。

"可是今天,要去小坂先生家吧?"

"嗯,去看看吧。"

说什么"去看看吧",这可是去会你的新娘啊。

"她是难得的美人。"我希望大隅能稍微天真无邪地雀跃一下,"你还没见过她,我就先见到了,对你来说有些失礼。虽说我只是稍稍瞄了一眼,但她给人的印象美得如同樱花。"

"你把女人想得太单纯了。"

我心里不大舒服,很想干脆地质问他,既然这么不感兴趣,又何必大老远从北京跑回来?但我是个缺乏魄力的男人,这句到嘴边的话还是被我咽了回去。我想避免尴尬的冲突。

"对方家世显赫。"说出这句话时,我当真已竭尽全力。显然我不能说,凭你根本配不上人家。我不喜欢口舌之争。"通常谈婚论嫁时,双方大多会暗示自己拥有怎样的地位或财富,可小坂先生完全不提这种事,他只说了信任你,就这么一句。"

"因为他是武士哪。"大隅轻松地一语带过,"正因为如此,我才专程从北京赶回来的啊。要不然我才——"他态度还真自大,"毕竟他们是'名誉之家'。"

"名誉之家?"

"大女婿三四年前在华北战死,家人现在应该都住在小坂先生家。二女婿似乎是小坂家的养子,很早就出征了,如今正在南方参战。你没听说吗?"

"原来如此。"我觉得很丢脸。想起那日在小坂家,人家一味向我劝酒,我便傻瓜似的"好好地"喝啤酒,看到门框横木上挂的照片,还问出那般无礼的问题,最后扬扬得意地离开。想起我那宛如日本第一号大笨蛋的行为,我的脸便红了,耳朵也红了,连胃腑都红透了。

"这是最重要的事,不是吗?你怎么事先没跟我提过?害我丢脸丢到家了。"

"那有什么关系。"

"怎么会没关系,那可是大事!"我语调明显愤怒,觉得跟他吵一架也在所不惜,"山田也是,这么重要的事居然一个字也没透露,太不够朋友了。我不想再管你这档子事,也没脸再去小坂先生家。今天要去你自己去,我不去了。"

人羞到无地自容的时候,就会乱发无名之火。

这顿时间偏晚的早餐,我们吃得尴尬极了。总而言之,今天我彻底不想去小坂先生家。我觉得很丢脸,不敢再去。我甚至迁怒地想,这桩婚事泡汤就泡汤吧,我无所谓,随你怎么着了。

"你可以自己去吧？我还有别的事要办。"我装作有事的样子，匆匆出门。

可我无处可去。忽然我又想，不如去牛込找濑川老师，向他抱怨一番。

所幸老师在家。我将大隅回到东京的事报告给老师："那家伙真的很过分，不仅对婚事毫无感激，还完全不当回事，只会高谈阔论天下家国，还骂我一顿。"

"他的本意不是如此。"老师冷静地说，"他只是难为情吧。大隅开心的时候，反倒会一脸不自在。这是他的坏毛病。每个人都有毛病，你别放在心上。"我想，真是师恩比山高。"说起来，他的头发长得怎么样了？"老师最关心的始终是这个。

"没什么问题，看上去能够维持现状。"

"那真是万幸。"老师似乎真正放了心，"这就没什么可担心的了，我也可以大大方方地去做媒了。听说对方的千金非常年轻漂亮，我着实忧虑了一番呢。"

"如您所言，真是个美人。"我重振精神说，"那家伙简直配不上人家呢。最重要的是，对方家世显赫，似乎是相当殷实的企业家，却丝毫不吹嘘自家的财产与地位，也并不摆出'名誉之家'的架子，态度谦和地过着低调恬适的生活。那种家庭很罕见。"

"名誉之家?"

我将"名誉之家"一说的来龙去脉告诉老师,并再度指责大隅无动于衷的态度。

"今天明明是他与未婚妻的初次见面,他却悠闲地赖床到十一点。我气得想揍他。"

"不可以打架。据说一些大学同窗毕业后,即便感情很好,也可能为无聊的小事赌气吵架。其实大隅只是难为情,他也很尊敬小坂先生及其家人,或许比你还尊敬,所以才表现得更加难为情。况且大隅年纪不小了,头发也越来越稀疏,因此心里多少感觉难堪,不知怎么做才得体。你要谅解他。"我想,真是知徒莫若师,"他的行为向来让人尴尬。他啊,不知如何是好了,便谈论天下家国,还骂你,懒觉睡到十一点。他如此煞费苦心,其实是在掩饰自己的难为情。从前他就是这么一个感觉敏锐、吝于表达的男人。你就原谅他吧。他把一切托付给你一人,你也感到很棘手,不是吗?"

我被老师一席话说得哑口无言。

回家途中,我顺便绕去新宿的两三家酒馆,深夜才回家。大隅已经睡下了。

"你有没有去小坂先生那儿?"

"去过了。"

"是很不错的家庭吧?"

"很不错的家庭。"

"你就知足吧。"

"我很知足。"

"你的态度不要太傲慢。明天去濑川老师家,跟老师道谢致意。别忘了'仰瞻吾师,敬其恩情'这句歌词。"

四月二十九日,大隅的婚礼在位于目黑的中国餐厅举行。据说那天是黄道吉日,在餐厅里举行婚礼的新人超过三百对。大隅没有礼服,却故作豪放磊落地说"没关系,没关系",穿着西装便走入了餐厅,可在玄关和走廊上遇到的人都穿着礼服。豪放如大隅,此刻也不由得担心起来,语气微愠地冲我道:"喂,这家餐厅有没有出租礼服的?"早知如此,就该提前跟我说,我尚有办法可想,事到如今才说这种话,让我从哪里变出一套礼服啊。不过,我还是从候客室打了一通电话去问前台,果然遭到对方的拒绝。餐厅工作人员回复,店里并非没有礼服出租,但须提前一周预约,此时的要求让他们十分为难。大隅面色不悦,目光责备地睨着我,仿佛在说:"都是你的错。"婚礼定在下午五点举行,此刻距离婚礼开始只剩三十分钟。万般无奈之际,我只好推开纸拉门,向隔壁候客室里的小坂先生求助。

"出了一点小小的差错,大隅的礼服来不及送到。"我撒了小谎。

"这样啊。"小坂吉之助先生冷静地说,"没关系,我们来想办法。"接着他小声叫过二姐,"你那里有礼服吧?打电话叫下人立刻送来。"

"我才不要。"二姐断然拒绝,脸颊泛起红晕,低声笑道,"他不在家的时候,我不希望别人碰他的东西。"

"什么?"小坂先生不明所以,"你在胡说什么?又不是让你借给外人。"

"父亲,"大姐也笑着道,"她当然不愿意拿出来。父亲你不懂的,在丈夫归来之前,无论多么亲近的人,都不能碰他的东西,必须让一切保持原状才行。"

"别说傻话。"小坂先生神情复杂地笑了。

"不是傻话。"大姐喃喃自语,刹那间,表情不容分说地变得极为严肃,可她很快笑出声来,"我把我家那件礼服借给他吧。或许有点樟脑丸的气味,应该不打紧吧?"而后转过身对我道,"我先生已经不需要任何东西了。倘若他的礼服能在大喜之日派上用场,我想他也会很高兴,或许会原谅我的擅自决定。"说完,她爽朗地笑了。

"好,啊不……"我语义不明地答道。

来到走廊,我见大隅双手插在长裤口袋里,绷着面孔踱来踱去。

我拍拍他的背,说:"你是个幸福的家伙。大姐说愿意把传家宝的礼服借你穿。"

大隅似乎立即明白了"传家宝"的含义。

"啊,是吗?"他不甚在意似的点头,还是向来落落大方的态度,看起来却满怀感佩。

"二姐虽然不肯借,但是你明白么,二姐也很了不起,说不定比大姐更了不起。你懂吗?"

"我懂。"他傲然回答。

濑川老师曾说,大隅是个感觉敏锐、吝于表达的男人。此刻,我完全同意老师的说法。

没过多久,大姐神情端肃地捧着传家宝礼服走进我们的候客室,仿佛那是武田信玄①戴过的诹访法性头盔。大隅表现得颇为得体。他泪流满面,却犹自带着笑容。

(《改造》昭和十九年②一月号)

---

① 武田信玄(1521—1573):日本战国时期名将。
② 昭和十九年:1944年。

散华

今年，我同两位友人永别。三井走于早春。接下来的五月，三田战死于北方孤岛。三井与三田皆不过二十六七岁。

三井一直在写小说，每当写完一篇，便带着小说开开心心地来到我家。进门时，他总是动作夸张，把玄关的门拉得嘎啦啦直作响。这种情况仅限于他带着作品来的时候，只有这种时候，他才会把门拉得嘎啦啦地响。没带作品时，他通常轻轻拉开玄关门走进来。因此，每当三井将我家大门拉得嘎啦啦大声作响时，我便知道他又写成了一篇小说。三井的小说充斥着澄明剔透的美，但整体结构松散，缺少骨架，并不算优秀的小说。即便如此，三井也越写越好，却被我批评嫌弃，至死都没有得过一句夸赞。听说他的肺不大好，但不太愿意跟我提及自己的病情。

"你有没有闻到什么怪味?"有一天,他忽然问我,"我的身体很臭吧?"

那日,早在三井走进我的房间时,我便闻到一股异味。

"没有,一点也不觉得。"

"是吗?你没闻到吗?"

你身上真的有股怪味。我没法这么说。

"我从两三天前开始吃大蒜。要是太难闻,我这就回家去。"

"不,我一点也不觉得。"那时我便明白,他的身体已经相当虚弱。

于是,我拜托三井的好友,请他态度坚定地代我转告三井,要爱惜自己的身体,现在没法立刻写出好作品,待把身体养得结结实实,之后要写小说或是做什么,都能凭你的喜好去做。三井的好友将我的话如实转告给三井,自那以后,三井便不再造访我家。

距离三井不来我家又过去三四个月,他去世了。我从三井的好友捎来的明信片里得知了他的死讯。后来我听三井的好友说,三井似乎并不想把病治好。他与母亲相依为命,即便病情已经恶化,他也会趁母亲不注意,偷偷溜下病床,去巷子里散步、吃年糕红豆汤,常常消磨到很晚才回家。母亲虽然提心吊胆,但私心里也觉得,三井能够这样毫不在意地出门,可见还是很有精神，身体情况应该还行吧。据说三井在去世前的两三天，依然这般轻松地出门散步。三井的临终之美无可匹敌。通常情况下，我不愿意使用"美"这种不负责任又透着敷衍意味的字眼，然而这次有所不同，除了"美"，我找不到更加适当的形容词。那时三井躺在床上，同坐在枕边做针线活儿的母亲安安静静地闲话家常，忽然，他便缄口不言。就是这样。在明媚柔和的晴天，在宁静无风的春日，樱花仿佛再也无法承受自身的重量，兀自四散飘零，扬起一场小小的花吹雪。桌上的杯子里插着大朵的蔷薇花，深夜，花瓣如同碎裂般散落。与风无关，这是花朵自身的颓败，是花瓣与天地间的叹息一道消散，是花瓣触到半空中神明的白绢衣摆而顷刻消散。我想，三井大约备受神明的宠爱，拥有我等凡夫俗子完全无法理解的高洁品性。我又想，人一生至高无上的荣冠，等于一次美好的临终。小说写得好不好，根本无关紧要。

还有一个人，也是我年少的友人，名叫三田循司。今年五月，他在战场上阵亡。

记得三田初次造访我家，大约在昭和十五年晚秋。那晚，他与户石一道，似是头一次来到我这位于三鹰的陋室。虽说时间上我问问户石会更确定些，可户石也去参军了，前阵子他寄来一封信，上面说：

我在野外营地获知三田的消息，心下难过，说不出话来。在绽放着一整片桔梗花与女萝草的原野上，我只觉更加寂寥。那样的死法太符合三田的风格。作为三田的好友，我也打算珍惜当下时光，不为他丢脸。

从他信中所言的状况看，我判断现在不适宜询问他那些过往的琐事。

初次造访我家时，他俩还是东京帝国大学国文科的学生。三田出生于岩手县花卷町，户石则是仙台人，两人都毕业于第二高等学校。由于是四年前的往事，我记得不甚清楚，大约是晚秋（或许是初冬也说不定）的某天夜里，两人结伴来到我这间位于三鹰的陋室。户石穿着碎白花纹和服与哔叽布料日式袴，三田则穿着学生制服。我们围桌而坐。我记得户石背对壁龛，而三田坐在我左侧。

那晚我们谈了些什么呢？户石似乎天真无邪地问我何为浪漫主义、新体制。一整晚主要是我同户石在谈话，三田在一旁微笑着聆听，时而轻轻点头。从他点头的时机来看，似乎总能敏锐地抓住我话里的要点，因此我看似对着户石说话，其实也注意着左侧三田的反应。这不是他们二人我觉得哪一个比较好的问题，而是说，人可以分为下面两种类型：两人一同来我家，一人滔滔不绝地问着笨拙的问题，哪怕被我揶揄，也感到内心愉悦，至于我的回答却根本没听进去多少，只是努力地寻找话题，避免冷场；而另一人坐在光线昏暗之处，默默聆听我说话。虽说其中一人愚问连发，但并非真正的傻瓜，所以本意也不是问那些笨拙的问题。户石非常明白自己的提问有多普通，也清楚那些问题有多丢脸。再者，说到"提问"，原本大多便是一些笨拙的问题，有的人会气势汹汹地冲去前辈家，抱着要让前辈狼狈脸红的心思，而问出聪明尖锐的问题，这种家伙才是真正的傻瓜、疯子，装腔作势得令人无法直视。而问出笨拙问题的人，有心为席间的氛围牺牲自己，因此尽管问题不怎么高明，依然满脸喜悦。这是对方自然流露的高贵的牺牲之情。两人结伴而来，通常其中一人会主动担当活跃气氛的牺牲者。而且奇妙的是，那位牺牲者一定坐在上位，也一定是个美男子，打扮非常时髦，有的人还会把扇子插在日式袴腰部靠后的位置。当然，户石并没有把扇子插在那里，不过这并不妨碍他是个开朗活泼的美男子的事实。

户石曾颇为感慨地向我坦陈心声："脸长得好看，其实也是一种不幸啊。"

我失笑出声，心想这人还真是敢说。户石是剑道三段，身高将近六尺。我曾暗暗同情他过于高大的身材，担心他入伍后没有合身的军服穿，又因为身高而引人注目，遭人嘲笑，或许会摊上比别人更多的辛苦差事。

户石寄来的信上说:"队员中有两三位比我还高的同志。可我发现,身高不超过五尺八寸五分,才堪称苗条灵活。"

这便是说,他深信自己就是身高五尺八寸五分的苗条灵活之人,心境完完全全可用"春风荡漾"来形容。

他甚至说:"我这样一个美男子的脸其实也有缺陷,只是别人没有察觉。"

总之,他就是能让气氛热热闹闹,为席间带来欢笑。

我不知道户石是否打从心底自恋。或许他一点也不自恋,只是为了活跃气氛而发挥牺牲精神,扮演小丑。东北人的幽默,一言以蔽之,是看似糊里糊涂的蠢笨。

与性情活泼、平易近人的户石相比,三田显得质朴内敛。那时的文科生大多留长发,而三田一开始便理了光头,戴着眼镜,似乎是铁质的镜框。他的头很大,额头突出,目光锐利,即大家口中的"哲学家风范"。他不太主动说话,但能迅速理解别人话里的意思。他常和户石一块儿来我家,也曾独自冒着大雨,浑身湿透地来,有时和同为第二高等学校毕业的帝大学生一道造访。我们时常去三鹰车站前的关东煮店或寿司店喝酒。即便喝了酒,三田的话依然不多,席间最会折腾的是户石。

然而,户石似乎不知道如何同三田相处。据说两人独处时,三田曾吞吞吐吐地批评户石行事散漫,要他正经些,剑道三段的户石无言以对，继而找我倾诉："三田那么一本正经的人，我实在拿他没办法。他的话我很难反驳，不知道怎么办才好。"

一个将近六尺的男子汉，说着都快哭了。

我有个习惯，无论理由是什么，都会站在弱势者那方。于是某天，我对三田说："虽说人必须正经一点，可倘若认为嬉皮笑脸的人便是不正经，这个观点却是错了。"敏感的三田似乎很快洞悉原委，之后便不大来我家了。那段时间，他身体不好，住了院，我再三接到他写来的明信片："我很痛苦。请给我一些激励的话。"

可我这个人，一旦遇上对方率直地问我要"激励的话"，总会语无伦次，一脸难为情，那次也是这样，我无法给他任何"真知灼见"，回复得温温吞吞。

病愈出院后，三田去了位于他出租屋附近的山岸先生[①]家，热心学习作诗。山岸先生是我们的前辈，也是学问笃实的文学家。听说他不仅指导三田，还满怀诚意地教其他四五位学生写小说与诗歌。有两三位年轻诗人便是在山岸先生的教导下出版了优秀的诗集，备受社会有识之士的推崇。

---

① 山岸先生，即山岸外史（1904—1977），文艺评论家，曾获作家川端康成赏识，与太宰治私交甚笃。

"三田如何？"那时，我曾问过山岸先生。

山岸先生思索片刻，道："不错，或许是我的学生里最优秀的。"

我大吃一惊，不由得面红耳赤。我没有认识到三田的才华。我是个俗人，不懂诗的世界。三田离开我处，拜入山岸先生门下，对他来说兴许是件好事。

从前三田造访我家时，给我看过他的两三篇作品，可我觉得并无值得感佩之处。

户石却非常感动："这一次三田写的诗可是杰作哟！请务必仔细读一读。"

他吵吵嚷嚷，语气兴奋，仿佛自己写出了杰作，可我着实不觉得那篇作品多么优秀。当然它绝非遣词不雅的诗歌，也丝毫没有低俗的气息。不过，我依然不满意。

我没有夸赞他。

或许是我不懂欣赏诗歌，听到山岸先生做出"不错"这一评价时，我便想读一读三田后来写的诗。说不定在山岸先生的指导下，他已经写得很好了。

然而，我还来不及读三田的新作，他便毕了业，并且立刻出征。

现在我手边有四封三田出征后寄来的书信。我记得应该还有两三封才对，可由于向来不习惯保存收到的信件，能够在抽屉里找到这四封信，我已经觉得不可思议。其他两三封可能已经永远遗失，我只能死心了。

> 太宰先生，您好吗？
> 我的思绪空茫一片。
> 人似无心地漂流着，
> 然后，
> 这是我作为军人的第一年。
> 暂时，
> 没有"诗歌"，
> 在脑海里，
> 出现。
> 东京的天空晴朗吗？

这是四封书信里的第一封。此时，三田好像还在原本所属的部队接受训练。这是一封遣词青涩不畅、犹如撒娇的书信。我读得心惊胆战，因为他那率直无匹的柔软心情全然暴露于字里行间。山岸先生不是信心十足地说他是"最优秀"的学生吗？难道他就不能写得更好一些吗？这么想着，我便有些不悦。面对年少的友人，交往时我通常不太顾虑他们的年龄。我没法因为对方年少，就给予他们体谅与疼爱。我没有多余的心思疼爱他们。我希望能够不分年少年长，尊敬任何一位朋友。我希望能抱着尊敬之念与其交往。因此，即便面对年少的友人，我也会毫不顾忌地表达自己的不满。或许是粗野的乡下人心胸狭窄所致，我无法欣赏三田这种文笔稚嫩的书信。过了不久，他又写了一封，也是从原本所属的部队寄来的。

拜启。

久疏问候。

您身体可好？

我几乎一无所有。

想失声痛哭，

可是，

我仍旧相信并努力着。

这封信和前一封相比，沉淀着某种苦闷，令人感觉充实。我回信给三田，并在信中表达了声援之意。可我依然认为，三田尚未成为日本第一等的好男儿。此后不久，我收到一封他从函馆寄出的信。

太宰先生，您好吗？

我很好。

必得更加更加

努力才行。

请保重身体。

祈祷您奋斗不息。

其余，留白。

抄录完这封信，我不由得叹了口气。信中所言着实令人心疼。"必得更加更加努力才行。"这句话大约是三田在鼓励自己，可我总感觉他在暗示我，真是让人难为情。"其余，留白"，这是他亲笔所书。"您好吗？""我很好"，似乎除了这些，他再也无话可说。倘若没有纯粹的诗情，便连一行多余的字也写不出来，这一点清楚表明了他的"诗人气质"。

不过，我绝非为了介绍上述三封信件，才构思了这篇题为《散华①》的小说。我的初衷唯有一个。我想写一写在收到最后一封来信时，心中充溢的感动。我的感动源自三田寄来的那张明信片的遣词造句：

您好吗？

从遥远的天空中问候您。

---

① 散华：隐喻死亡。

> 我平安抵达了赴任地点。
>
> 请为伟大的文学而死。
>
> 我也即将赴死，
>
> 为这场战争。

"请为伟大的文学而死。"三田的这句话，让我感到无比高洁、可贵，并且欢喜难耐。这才是日本第一等的好男儿会写出的句子。

"三田果然是个不错的家伙，着实优秀。"读完后，我怀着明快的心情对山岸先生说。眼下，我打从心底觉得，应该为自己的无知向山岸先生道歉。我希望带着一种崭新的认知，同山岸先生握手。

虽说我不懂诗歌，却也是坚持追寻真正文学的男人，与货真价实的文盲不同。我自认为多少懂得如何欣赏文学。山岸先生说三田"不错，或许是最优秀的"时，我一方面为自己的无知感到甚为可耻，一方面左思右想，在心底顽固地质疑："是这样吗？"我似乎有乡下人固执己见的一面，若对方不将证据清楚明白地摆在眼前，我往往很难相信。就如《圣经》里耶稣的使徒圣多默，直到最后都不能相信基督复活。真的无法相信。圣多默说："我非看到他手上的钉痕，用指头探入那钉痕，又用手探入他的肋旁，我总不信。"①这种固执，确实让人束手无策。我也有天真平和的一面，应该不至于像圣多默那样冥顽不灵，然而一不留神，年纪大了后，说不定会变成奇怪的刻板无情的老头。总之当时，我没能坦率地相信山岸先生的评价，内心深处的角落依然保留着疑问："是这样吗？"

然而，收到这封"请赴死"的来信，阻隔在心上的障子②似乎哗啦一下被推开，我感到有凉风掠过心间。

我很开心。我想，他写得真好。这是文采盎然的措辞。此前，许多奔赴战地的友人给我寄来过各种各样难能可贵的书信，但能毫不迟疑、自然而然地对我说出"请赴死"这种话的，唯有三田。我想，能够如此自然地说出这句话，表明三田终于拥有一流诗人的素质。我向来尊敬诗人。我认为纯粹的诗人是超越人类、类似天使的存在，对他们抱有很大期待，却也常常失望。因为许多人明明不是天使，却装腔作势地自称诗人。然而三田并非如此。确如山岸先生所说，三田是"最优秀的"诗人之一，对此我深信不疑。至于三田缘何写出这封措辞美丽的信件，我是后来才彻底知晓。总而言之，如今我由衷信服山岸先生的说法，并且开心极了。

---

① 出自《圣经·若望福音》第20章，此译文引用自《圣经》中文和合本。

② 障子：日式纸拉门，在木格的两面糊上半透明的和纸做成，有采光、通风、划分室内空间等作用。

"三田不错,确实很不错。"我对山岸先生道,怀着唯独自己才能明白的和解般的心情。世上能够胜过"和解"的喜悦应该不多。我与山岸先生一样,相信三田是"最优秀的",对三田今后的诗作也抱有极大期待,可我没想到,三田的作品以另一种方式终结了。

那之后不久,山岸先生带了一位浓眉大眼、个子高高的青年来到位于三鹰的我家。

"这是三田君的弟弟。"山岸先生介绍说。我们彼此寒暄致意。

果然很像。青年怯弱的微笑同他的兄长一模一样。

我收下了三田弟弟带来的礼物。那是一双用整块桐木制成的低齿木屐,还有一篮苹果。

山岸先生解释道:"他也送了我一双用整块桐木制成的低齿木屐和一篮子苹果。苹果有点酸,放两三天再吃比较好。至于低齿木屐,我和你一人一双,是一套的。怎么样,实在是让人心情愉悦的礼物吧?"

三田弟弟这次来,除了商量关于兄长的遗稿集之事,也想同我们彻夜畅谈兄长生前的事,听说他是前一日从花卷町赶来东京的。

于是,我们三人在我家商量遗稿集的相关事宜。

"诗要全部收录吗?"我问山岸先生。

"是啊,差不多会全部收录吧。"

"不过初期的诗,好像写得不大好。"我依然有所坚持。真是乡下人的冥顽不灵。我将来一定会变成刻板无情的老头。

"怎么说这种话。"山岸先生苦笑,随即聪颖而了然地说,"看来我不能比太宰早死啊,否则不晓得他会怎么说我呢。"

(《新若人》昭和十九年三月号)

雪夜的故事

那一日，从清晨开始，雪就落个不停。用毛毯为侄女小鹤改做的劳动裤已经缝制完成，那日放学后，我顺道将裤子送去了位于中野的姑母家。作为答谢，姑母送给我两片鱿鱼干。走到吉祥寺车站的时候，天色已暗，积雪有一尺多厚，雪花依旧纷纷扬扬地飘落天空。我穿着长靴，心情反而更加雀跃，故意挑了雪深的地方走着。等走到我家附近的邮筒边，我才发现用报纸包着夹在腋下的鱿鱼干已经不见。虽说我是个凡事慢吞吞的糊涂虫，却几乎不会因为疏忽大意而丢三落四。那一夜，或许是看到了落雪深积的缘故，我异常欢喜地走着，这才丢失了鱿鱼干。我觉得无比沮丧。弄丢鱿鱼干而沮丧不已这种事，说起来既粗鄙又令人难为情。然而，我原本是打算把它送给嫂嫂的。今年夏天，我的嫂嫂就会生下宝宝了。听说怀孕的女子特别容易肚饿,毕竟要连肚子里宝宝的那一份也吃下去呢。嫂嫂与我不同,她是个穿着整洁、举止优雅的女子,怀孕之前食量很小,吃饭就像"金丝雀吃食",也从不吃零食,最近却害羞地说自己肚子饿,还常常想吃奇怪的东西。我还记得,前几日晚餐后,正和嫂嫂收拾着餐桌,她小声地叹息着,说"啊啊,感觉嘴巴有点苦,好想吃鱿鱼干之类的"。于是这一天,我兴高采烈地带着偶然从姑母家得到的两片鱿鱼干,打算拿回去悄悄给嫂嫂,却不慎丢失了,自然感到无比沮丧。

如您所知,我一直同哥哥、嫂嫂生活在一起,家里就我们三人。哥哥是个性情有些古怪的小说家,明明年近四十,却一点名气都没有,并且一贫如洗,还说自己身体不好,在家起来一会儿又躺回去,唯独嘴上功夫很厉害,总是唠唠叨叨地抱怨,对我们扯一堆有的没的,并且光说不做,家务活也从来帮不上忙。因此,嫂嫂不得不包揽许多本该由男子去做的力气活儿,我觉得她非常可怜。有一天,我义愤填膺地对哥哥说:"哥哥,请你好歹也偶尔背上帆布包,买个菜什么的回来吧。隔壁家的丈夫大多是这样做的。"

听完,哥哥气呼呼地对我说:"你是傻子吗?我才不要做那种粗俗的男人。你给我听好了,君子(嫂嫂的名字)也记住,哪怕我们一家就要饿死了,我也绝不会做出跑去农村求购粮食这种凄惨的事。你们最好有心理准备。这可是我最后的尊严。"

原来如此。这种觉悟倒是挺了不起的，不过我完全不明白，哥哥究竟是为了国家着想，而憎恶前去农村求购粮食的人，还是单纯由于懒惰，根本不愿出门买东西？我的父母都是东京人，可由于父亲常年供职于山形县的县役所①，哥哥和我都是在山形县出生的。后来，父亲在山形县过世，那时候，哥哥大约二十岁，而我尚且年幼，便被母亲背着，三人一起回到了东京。前几年，母亲也去世了，家里只剩我与哥哥、嫂嫂三人，我们没有所谓的故乡，因此和别人家不同，不会收到从乡下老家寄来的食物。况且，哥哥又是个怪人，几乎同旁人没有往来，平日里，我家根本没有机会"收获"那些出乎意料的珍稀馈赠。因此，哪怕是两片毫不起眼的鱿鱼干，我也想要送给嫂嫂，且不知她会多高兴。所以，虽说是件粗鄙的小事，我却着实珍惜那两片鱿鱼干，想到此，我向右转过身，沿着来时积雪的道路慢慢走，一边走一边找。然而根本一无所获。在纯白的雪路上找出同样白色的报纸包本就十分困难，加上落雪不停，我已经走回吉祥寺车站附近，却连一颗小石子都没有发现。我气喘吁吁地重新拿着伞，抬头望向暗色的夜空。雪花犹如百万只萤火虫狂乱地飘飞。真美啊，我禁不住想。道路两旁的树银装素裹，沉甸甸地垂着枝丫，有时仿如叹息般几不可察地颤

---

① 役所：政府机关、官厅。

动。我只觉置身童话世界,将寻找鱿鱼干的事抛诸脑后,心底忽然浮现出一记奇思妙想。我要将这幅美丽的雪景带回去送给嫂嫂。比起鱿鱼干,这份礼物不知好上多少倍。拘泥于食物,实在卑微得很,真的让人难为情。

从前哥哥告诉过我,人的眼球可以储藏风景。比如当我们凝视着灯泡好一会儿,再闭上眼睛,似乎依旧能在眼睑里看到灯泡的影子。这就是上述理论的最好证明。关于这点,哥哥还告诉我,久远之前,丹麦曾发生了一桩事,接着他就把下面这个短小却浪漫的故事说给我听。哥哥的话向来荒谬,一点儿也不可信,唯独那时候的那番话,即便是哥哥的胡说八道,我也依然认为它是个好故事。

很久以前,丹麦的某个外科医生在解剖因船难离世的年轻水手的尸体时,用显微镜观察他的眼球,发现在水手的视网膜上映现出一家人其乐融融的美好光景,于是将此事告诉给他那写小说的朋友,那位小说家立刻对这番不可思议的现象做出如下解释。他说,那位年轻的水手遭遇船难,被卷入翻涌的海浪之中,随后又被狠狠地冲到岸边,他拼命抓到了灯塔的窗棂,心想太好了,总算得救了。他刚想大声求救,忽然往窗户中一瞧,映入眼帘的却是灯塔看守员正打算与家人一块儿和和美美地吃晚餐。他想,啊啊,不行,要是我现在拼命大喊"救命啊",肯定会将这家人的和乐团聚破坏得乱七八糟。想到这里，他抓着窗棂的手失掉了力气，此时恰好一个巨浪拍来，再次把他卷入海中。想必当时的景况就是如此吧，小说家进一步解释道，那名水手是世上最善良且高贵的人。医生也赞成他的看法，之后两人小心翼翼地埋葬了水手的尸体。

我愿意相信这则故事，纵使从科学的角度是解释不通的，可我愿意相信。在那个落雪的夜晚，我忽然想起它，想把美丽的雪景映入我的眼底，带回家。

"嫂嫂，请仔细看看我的眼睛。这样你肚子里的宝宝会很漂亮的。"我准备对嫂嫂这么说。

因为前几天，嫂嫂曾笑着拜托哥哥："请在我房间的墙壁上贴一张美人的画像。这样我每天看着它，就会生下好看的宝宝。"

哥哥认真地点头回答："嗯，是胎教吗？这的确很重要。"

于是，哥哥将华艳的"孙次郎"的能面①照片与可爱的"雪小面"能面照片并排贴在了墙上。这也罢了，接下来他甚至把自己愁眉不展的照片，也规规矩矩地贴在两张能面照片的中间。可这样一来，一切不就白费了吗？

"拜托你了，把你自己的照片拿下来吧。看到那张照片，我

---

① 能面：表演能乐时所戴的面具。"孙次郎"和"雪小面"是造型风格相差很大的两种不同能面。

就胸口闷。"看，就连向来婉顺的嫂嫂也忍受不了，合掌膜拜似的恳求哥哥，总算让他把那张照片给撤了下来。我想，若非如此，嫂嫂日日看着哥哥的照片，一定会生下尖嘴猴腮的宝宝。哥哥的容貌长得那般奇特，竟还自以为是个美男子，真是令人瞠目结舌。说真的，如今嫂嫂为了肚子里的宝宝，只想眺望世上最美丽的风景。我想，倘若我把今天的雪景映入眼底，再让嫂嫂看看的话，相比得到鱿鱼干之类的礼物，她一定会开心千倍万倍。

于是我放弃了寻找鱿鱼干，回家途中尽可能眺望周遭的美丽雪景，我不仅要把它映入眼底，更要收进我的心上。

怀着将洁白美丽的雪景纳于胸中的心情，我回到家立刻对嫂嫂说："嫂嫂，快看看我的眼睛！我的眼底映着许多漂亮的景色呢！"

"什么？你这是怎么啦？"嫂嫂笑着起身，将手放在我的肩上，"看看你的眼睛？到底发生了什么事？"

"你看，从前哥哥不是给我们讲过一个故事么？人的眼底会残留着刚刚见过的风景，并且不会消失呢。"

"他说的故事啊，我早就忘了。反正都是鬼扯。"

"可只有那个故事是真的哦。我只相信那个故事。所以，来，快看看我的眼睛嘛。刚才我可是看过好多好多美丽的雪景才回家的。快，快看看我的眼睛。嫂嫂一定会生下有着雪白肌肤的漂亮宝宝。"

嫂嫂露出哀伤的神情，默默凝视着我的眼睛。

"喂。"这时，哥哥从隔壁六铺席的房间里走出来说，"与其看顺子（我的名字）那无趣的眼睛，不如来看我的。我眼睛的效果是她的百倍呢！"

"为什么？为什么？"

我生气极了，只想揍哥哥一顿。

"嫂嫂说过了，看着哥哥的眼睛觉得胸闷想吐。"

"没那回事。我的这双眼睛，可是阅过二十年美丽雪景的眼睛呢。我啊，在山形住到了二十岁。顺子却在少不更事的年纪来到东京，根本就不知道山形的雪景有多美，所以看到东京这种小家子气的雪景才会兴奋得直嚷嚷。我的眼睛见识过太多雪景了，比今日的美丽百倍千倍，多到都看腻了呢。所以不管怎么说，我的眼睛比顺子的要好。"

我只觉非常不甘，急得快哭出来。这时，嫂嫂站在了我这边。

她微笑着平静地说："虽说爸爸的眼睛看过百倍千倍的美丽景色，但是相对的，也目睹过百倍千倍的脏东西，对吧？"

"就是啊！就是啊！比起正面积极的东西，那些负面消极的也多了很多嘛，所以哥哥的眼睛才会发黄又浑浊。哇哈哈哈！"

"瞧你这神气的丫头。"

哥哥气鼓鼓地返回了隔壁的六铺席房间。

(《少女之友》昭和十九年五月号)

东京通信

如今，东京有许多劳动的少女。早晚上下班时，她们通常会排成两列纵队，一边合唱产业战士之歌，一边行走在东京的街头。她们几乎穿着与男子一般无二的服装，然而，木屐的带子却是红色的，只此一点，为她们保留了些许女孩子的气息。此外无论哪个少女，似都长着相同的脸蛋，让人完全辨别不出她们的年纪。当一个人将自身的一切奉献给天皇后，她的容颜特征也好，年岁也罢，或许都会完全消失。除去行走在东京街头时的样子，我亦目睹过这些女孩在作业或执勤中的模样，那些时刻我越发清晰地感觉，她们每个人进一步丧失掉自我特征，连所谓的"个人事情"也忘记，只为国家兢兢业业。

前几日，我的一位画家朋友，被征用①前去一家工厂工作。最近我有点要事需要和他商量，大约跑了三趟那家工厂。说是要事，其实就是请他画一画我那即将出版的小说集的封面。事实上，我一直瞧不起这位画家的作品。此前他曾好几次提议，说想画一画我的小说集的封面，我都对他说，原本我的书风评就很不好，如果让你来画封面配图，恐怕它们的名声会更差，肯定连卖也卖不出去了，所以，抱歉。如此这般断然拒绝了他。实际上，此人的画技堪称拙劣。可是，这一次他去了工厂工作，竟然再次提出神奇的请求，说自己有了新的想法，希望画一画书的封面，并拜托我立刻去他工作的工厂找他，他要画给我看。于是我觉得，画得不好无所谓，我的小说集名声会变差也没关系。这些事根本无足轻重。假若为我这种人的无聊小说集画封面，能够让他身为征用工的士气更加高扬，那也很好，没有什么事比这更加难得。我接受了他的令人同情的请求，立刻出发前往他所在的工厂。他欢天喜地地出来迎接我，絮絮叨叨地讲述着各种关于封面绘制的想法。每一个点子都乏善可陈。老实说，我听得有些目瞪口呆，因为都是些陈腐的、天真的主意，然而鉴于现在这种状况，画得好不好不是问题所

---

① 征用：战争等非常时期，国家强制动员国民参加劳动，做兵役以外的工作。1939年日本为确保战时劳动力，颁布国民征用令，1945年废止。

在。我知道，也许这一次我的小说集会因为他的画而声名尽毁，可这种事一点儿也不重要。有一种说法不是叫"展现出男子气魄就够了"吗？他怀揣巨大的热情向我讲述自己的无聊点子，下一次又拿出更加无聊的草图给我看，为此我不得不频繁接受他的请求，跑去那家工厂。

穿过工厂大门，我向守卫出示画家朋友寄来的明信片。走进办公室后，我瞧见里面大约有十名女孩子，正在静静地工作。我向其中一名女孩说明来意，请她给他所在的值班室打了一通电话。他就住在工厂里的一间房间，并在明信片里写明了休息时间，我是趁着他休息的时候前来拜访的。我在办公室角落里找了张小小的椅子坐下，等他过来。我看似茫然地等待着，其实内心并不是真的茫然。我不动声色地观察面前默默工作的女孩们。大家神情平静，完全无视我的存在。我从小便已习惯女孩对我的无视，因此丝毫不觉得惊讶。不过眼前这种沉默的无视，全然没有一点高傲的影子，我也看不出她们每个人内心的想法，她们无一例外地埋首工作，专心致志，来客的进出似乎对办公室静谧的氛围毫无影响，我只听见算盘拨动和账簿翻页的清爽声响，这真是一幅令人心旷神怡的画面。我甚至感到，每一个女孩的脸都未曾带给人与众不同的印象，这些女孩仿佛羽翅同色的蝴蝶，正安静地并排停留在花枝上。然而不知为何，她们中的一位却令我难忘。这一现象在劳动少女的队伍中，着实非常罕见。我在前面已经说过，劳动中的少女个个丧失了自我特征，而这间工厂的办公室里，竟有一名少女能够带给我与别不同的感觉。她的容貌并不怎么特别，脸蛋稍长，肤色略深，身上的服装也与他人相差无几，都是黑色的工作服。发型也很平常，是的，她浑身上下都很平常，可即便如此，这名少女也显出一种与众不同的美来，犹如混在黑色扬羽蝶中的一只绿彩蝶。是的，她很美，并没有化妆，却孑然一身、独具一格地美丽着。我觉得十分不可思议。坦白说，在等待画家朋友到来的这段时间，我始终在打量这名不可思议的少女的容颜。我做了一个最为靠谱合理的推断，认为这是她继承了先祖的血统所致。之后我的心平静下来。少女的父亲或母亲一定继承了家族中延续几代的高贵血统，因此，尽管她姿色平平，却也散发出如此不可思议的气息。我禁不住叹息，并且独自兴奋地思索着，父祖的血统对我们来说的确很重要，却不知，事情真相与我以为的大相径庭。我自以为是的结论，与实情相去甚远。这名少女所具备的引人注目且不可思议的美感，背后有着更加严肃，甚至堪称崇高和窘迫的现实理由。某天傍晚，我结束了第三次工厂拜访，从大门离开的时候，不经意听到身后传来少女们合唱的歌声。我回过头一看，结束了一天劳作的少女正排成两列纵队，高声合唱着产业战士之歌，穿过工厂中庭走出来。我停下脚步，目送这支精神饱满的队伍远去。接着，我愕然愣在原地。那名办公室的少女孤零零地落在大家后面,正拄着拐杖一步步走来。看着看着,我的眼眶有些发热。难怪她这样美。少女似乎自出生后就腿脚不便,右脚脚踝处……不,我不忍再形容下去。那一刻,少女拄着拐杖,一言不发地从我面前走了过去。

(《文学报国》昭和十九年九月)